LIZKA ET SES HOMMES

Lizka est encore une jeune fille, pas même majeure, lorsqu'elle décide de vivre sa vie, loin de sa mère et des mesquineries de son village. Elle part à G., la ville voisine, et s'inscrit à l'école d'infirmières. Mais là non plus rien n'est facile : elle atterrit dans un foyer et doit travailler comme concierge dans un immeuble pour financer sa chambre. Excédée par un locataire qui jette ses ordures par la fenêtre, elle lui lance une canette de bière et se retrouve en prison pour agression. Dans la cellule, elle tombe amoureuse de Micha, qui se révèle être un fieffé menteur, alcoolique et joueur.

À sa sortie de prison, d'autres amours suivront… Lizka va chercher le bonheur dans les bras de Viktor, un politicien ambitieux, Arthur, son époux volage, Max, un ancien soldat de Tchétchénie… Autant d'hommes qui se révèleront de bien piètres princes charmants.

Ce roman est l'histoire du destin chaotique de Lizka ; c'est aussi l'histoire de tous ses hommes qui, malgré leurs différences, dessinent en fin de compte un seul et unique portrait, impitoyable, de la société russe.

Alexandre Ikonnikov, né en 1974 à Urshum, vit à Kirov. Après des études d'allemand, il enseigne pendant deux ans, collabore à un journal en tant que journaliste et interprète, et décide de se consacrer à l'écriture. Son premier livre – Dernières Nouvelles du bourbier *– a reçu en France un accueil exceptionnel.*

DU MÊME AUTEUR

Dernières Nouvelles du bourbier
nouvelles
Éditions de l'Olivier, 2003
et « Points », n° P 1250

Alexandre Ikonnikov

LIZKA ET SES HOMMES

ROMAN

Traduit du russe
par Antoine Volodine

Éditions de l'Olivier

TEXTE INTÉGRAL

ÉDITEUR ORIGINAL
Rowohlt Verlag, 2003
TITRE ORIGINAL
Liska und ihre Männer

ISBN 2-02-082612-7
(ISBN 2-87929-351-0, 1re publication)

www.seuil.com

UN

Plantée au milieu des pittoresques paysages de la Russie centrale, la bourgade de Lopoukhov ressemblait beaucoup à des milliers d'autres petites villes de province d'avant-guerre. Des ruelles poussiéreuses, étroites, dans lesquelles erraient d'innombrables hordes de chiens abandonnés ; des masures misérables, ceintes de palissades écroulées ; sur la place principale, des poules et des oies vaquant tranquillement à leurs affaires ; à quoi il fallait ajouter une église sans croix, que sans autre forme de procès on avait transformée en grenier à céréales. Depuis la nuit des temps, Lopoukhov était habitée par des gens nommés Listiev, Kapoustine, Travkine, et, bien entendu, par des Lopoukhov*. Il y avait aussi des Ivanov, des Petrov, des Sidorov et environ deux cents autres noms de famille bien russes de ce genre. Seuls les Ogourtsov** manquaient à la liste. Leur premier représentant apparut d'une façon tout à fait extraordinaire.

En 1939, le premier octobre, les habitants du village furent tirés de leur léthargie par d'inexplicables gronde-

* Ces noms de famille sont formés sur des mots en rapport avec la campagne : Listiev fait penser à *feuilles*, Kapoustine évoque *le chou*, Travkine *l'herbe*, Lopoukhov *la bardane*. *(Toutes les notes sont du traducteur.)*

** Fait penser à *ogourets* : cornichon, concombre.

ments. Mêlé à des cris d'enfants et aux coups de sifflet d'un milicien, ce bruit de tonnerre avait pour origine la vieille rue Semionovskaïa, la seule qui fût recouverte de pavés. Poussés par la curiosité, les villageois – parmi lesquels il y avait Sveta, une jeune couturière – se précipitèrent vers l'endroit d'où partait le vacarme, et c'est alors qu'ils virent, pour la première fois de leur vie, un engin automobile. Crachant des nuages de fumée, un petit camion faisait dans la rue des allers et retours furieux et hoquetants. Il était suivi par une horde d'enfants déchaînés, et devant lui courait un milicien rouge et suant, qui fébrilement soufflait dans son sifflet, gesticulait pour disperser les badauds et criait :

– Écartez-vous ! Dispersez-vous !

Au volant était fièrement installé un joli brun à moustaches. Il était complètement ivre. Ses lunettes d'aviateur, son casque de cuir et l'odeur d'essence firent sur Sveta une telle impression qu'après avoir joué des coudes pour arriver au premier rang des curieux, elle jaillit hors de la foule et faillit se retrouver sous les roues du camion. Le chauffeur freina brusquement, leurs regards se croisèrent, et au lieu de se répandre en invectives il se contenta de tendre la main à Sveta pour l'inviter à monter dans la cabine.

Toute la journée ils roulèrent dans la ville sous les yeux brillants d'envie des badauds, et, le soir, ils se baladèrent à pied le long des sombres allées du jardin public, lui discourant sur des questions de pistons et de cylindres, elle soupirant de manière languissante, jusqu'au moment où enfin il lui proposa d'aller passer la nuit chez elle.

Le chauffeur Ogourtsov avait beau être membre des Forces armées, il n'en était pas moins un homme d'honneur. Le lendemain matin, il se rendit avec Sveta à l'état civil, fit enregistrer leur mariage, et le soir même il partit pour la frontière de Finlande, dont il devait ne jamais revenir.

Le petit Vladimir Ogourtsov vit le jour neuf mois plus tard. C'était un bébé malingre, et les années de guerre et de famine ruinèrent d'autant plus sa santé. Outre la confection de manteaux de soldats, outre les soins aux blessés, Sveta dut travailler sur des chantiers forestiers pour trouver de quoi améliorer un peu les rations de guerre. Durant l'hiver 1944 elle succomba à une grave maladie. Le petit garçon fut confié aux soins de l'État ; il atterrit dans un orphelinat bondé qui aurait bien pu se passer de cet arrivant supplémentaire. Le pain confectionné à partir de pommes de terre pourries, la soupe faite avec des arroches, l'étude acharnée, le travail exténuant qu'il accomplissait, en compagnie de femmes et d'Allemands prisonniers, pour remettre sur les rails une existence que la guerre avait détruite, tout cela trempa son caractère et lui donna un esprit de combattant. Si Vladimir avait des rêves d'enfant, ceux-ci se limitaient à l'envie – partagée par tous les va-nu-pieds ayant le même âge que lui – de posséder une belle paire de bottes en cuir. Son rêve se réalisa : il devint officier et il ne les quitta plus jamais.

Lorsqu'il eut terminé l'école militaire dans une ville soviétique ne figurant pas sur les cartes, Vladimir reçut un congé de quatre-vingt-dix jours, et il se rendit à Lopoukhov. Après avoir revu l'endroit où il était né et visité la tombe de sa mère, il alla au parc municipal où la jeunesse dansait, et là il ne put résister aux yeux brûlants d'Elena Georgievna, une jeune fille venue d'un village voisin. Si l'on excepte les trois mois de tendresse et de passion qui suivirent, la timide et jolie Elena Georgievna ne vit son mari qu'à trois autres occasions. Une première fois, en 1968, quand il vint soigner une jambe qui avait été transpercée par une balle ; six mois plus tard, il était déjà reparti pour aller combattre dans une des guerres secrètes de l'URSS. En 1970, il revint une deuxième fois, et c'est alors que naquit leur fille

Liza. Et la troisième fois, en 1972, il séjourna à Lopoukhov pour se remettre d'une sérieuse commotion et aider son épouse aux soins du ménage. Et ensuite Vladimir Ogourtsov disparut. Elena Georgievna pleura et pleura, longtemps, et elle écrivit même plusieurs lettres au ministre de la Défense, mais aucune de ses missives n'eut de réponse.

– Et notre papa, où il est ? demandait la petite Lizka, du haut de ses trois ans.

– À la guerre, ma chérie.

– Ben, mais on n'est en guerre avec personne ?! s'étonnait la petite Lizka, qui venait déjà de fêter son cinquième anniversaire.

– Non, mais notre pays a beaucoup d'amis, et c'est notre devoir de les aider.

– Et pourquoi je ne les ai jamais vus, ces amis ? réfléchissait la petite fille, qui maintenant avait sept ans.

Mais Elena Georgievna ne répondait pas. Elle se retirait dans sa chambre et, tandis qu'elle faisait semblant de lire, les larmes coulaient sur ses joues.

Tous les mois elle se rendait au commissariat militaire de Lopoukhov avec l'espoir qu'on lui communiquerait quelque chose au sujet de son mari ; s'il était mort, elle aurait pu compter sur une pension et un appartement confortable. Mais au commissariat on n'avait aucune nouvelle, et, quand elle en revenait, c'était pour de nouveau vivre à l'étroit avec sa petite fille, dans les installations communautaires d'un baraquement à moitié pourri. Comme elle n'avait fait aucune étude, elle pensa un moment qu'elle pourrait peut-être chercher un emploi de garde-malade dans l'hôpital local, et elle envisagea cela jusqu'à ce qu'elle se rende compte qu'un salaire aussi minuscule ne suffirait pas pour assurer l'éducation de Lizka.

Or elle était encore très jeune et très jolie, et dans sa vie des hommes commencèrent à faire leur apparition.

Le premier fut le directeur des entrepôts de légumes, ce qui eut pour conséquence qu'Elena Georgievna ne fut plus obligée de sarcler et de biner sans relâche dans son potager, comme devaient le faire tous les citoyens soviétiques de Lopoukhov. Les mardis et vendredis, c'était le vice-directeur du combinat de viande qui rendait visite à la jeune femme, laissant derrière lui un plein frigo de jambon et de saucisson de qualité supérieure. Mais, de tous ces hommes, celui que la petite Lizka préférait était le directeur du marché, qui ne venait jamais sans une pastèque ou un melon, et parfois apportait des pêches, et même des bananes, une denrée absolument introuvable en Union soviétique.

Les gosses du quartier avaient commencé à se moquer de Lizka pour son absence de père, mais elle leur avait vite cloué le bec, car à présent, quand ils lui demandaient où était son père, elle leur répondait avec fierté qu'elle en avait plusieurs. Dans la rue et dans la cour de l'école maternelle Lizka ne frayait pas avec les autres filles, les rangeant dans la catégorie des pleurnicheuses. Elle méprisait leurs amusements et elle préférait courir derrière un ballon avec les garçons. Dotée d'un caractère indépendant, toujours prête à en découdre, elle ne se laissait pas faire et elle éprouvait une certaine joie à participer à toutes les bagarres entre gamins. Personne ne l'appelait jamais Liza, et encore moins Elizaveta, comme il était inscrit sur ses bulletins de naissance. Même les instituteurs, lassés de se heurter en permanence à ses réactions d'enfant têtue, avaient fini par s'adresser à elle en reprenant le dédaigneux « Lizka* ».

* On donne couramment aux prénoms russes (ex. : Elizaveta) une forme familière (ex. : Liza) ou affectueuse (ex. : Lizoucha). La forme Lizka est dépourvue de toute tendresse, et même légèrement péjorative.

Le nombre des visiteurs d'Elena Georgievna ne cessait de croître, et Lizka était toute la journée laissée à elle-même. Chaque été elle recevait en cadeau une nouvelle bicyclette et, chaque hiver, une nouvelle paire de skis. Par tous les subterfuges qu'elle avait à sa disposition, sa mère lui cachait son activité ; elle faisait tout pour que sa fille passe dehors le plus de temps possible. Les jardins fruitiers devinrent pour Lizka des lieux de prédilection. Au printemps, les arbres couverts de fleurs sentaient délicieusement bon, en automne ils fabriquaient pour elle un splendide tapis moelleux de feuilles mortes, en hiver ils se coiffaient de bizarres chapeaux de fourrure neigeuse, et elle pouvait se plaindre à eux des phrases grossières que sa mère avait prononcées devant elle, elle pouvait partager avec eux sa solitude, ou tout simplement elle pouvait rêvasser sous leurs branches.

Et ensuite vint le temps scolaire. Comme tous les autres enfants soviétiques, Lizka se réveillait au son de l'hymne national que diffusait la radio, elle mettait son foulard de pionnier et elle se rendait à l'école de Lopoukhov où on lui enseignait, en plus de la lecture, de l'écriture et du calcul, comment démonter une Kalachnikov, enfiler un masque à gaz et échapper aux bombes américaines en se terrant dans une cave. Lizka ne montrait pas d'aptitudes spéciales à l'étude et, qu'elle fît ou non de gros efforts, elle recevait en général des notes très moyennes. La physique était la seule matière où elle avait des « bien » et des « très bien ». En réalité, Lizka était tombée sous le charme de l'enseignante de physique, une femme intelligente, indépendante et exhalant en permanence une forte odeur de tabac, et elle avait décidé d'en faire son modèle. Elena Georgievna avait commencé à croire que, finalement, sa fille pourrait réussir en quelque chose, mais assez vite l'enseignante fut mise à la porte, les velléités scientifiques de Lizka s'éteignirent, et seule l'habitude de fumer persista.

Peu à peu, Lizka se mit à ressentir en elle des métamorphoses. Son corps soudain lui causait des douleurs douces et lancinantes, et parfois il était parcouru d'un léger frisson, quand par hasard un de ses camarades de classe la frôlait pendant la récréation ou le cours d'éducation physique. Elle s'était déjà plusieurs fois surprise, dans les vestiaires et la salle de sport, en train d'examiner les silhouettes des filles de sa classe. Ses joues prenaient feu, elle avait une impression de lourdeur à la poitrine, mais elle ne pouvait s'empêcher d'écarquiller les yeux.

Quand sa mère n'était pas à la maison, Lizka se déshabillait et passait de longs moments à se regarder dans le miroir sous tous les angles. Elle désirait répondre à une question : suis-je jolie, ou non ? Mais elle ne réussissait pas à avoir une réponse claire. Elle étudiait son visage, avec la main elle se couvrait successivement le front, le nez, le menton. Pris chacun séparément, ils lui paraissaient superbes, mais, dès qu'il s'agissait de les faire coller tous ensemble, quelque chose clochait horriblement, et ils ne s'harmonisaient pas du tout avec ses yeux bruns et ses cheveux châtains. Sa plus grande source de mécontentement venait de ses seins, si menus qu'elle s'était résolue à ruser et à coudre à l'intérieur de son soutien-gorge des morceaux de coton qu'elle retirait aux épaules des vieux tailleurs de sa mère. Elle n'était vraiment fière que de ses jambes, dont elle avait grand plaisir à montrer l'élégance aux passants, ce pour quoi elle raccourcissait toutes ses jupes et ses robes, à la longueur pourtant déjà fort réduite.

Ces jambes ne pouvaient pas laisser indifférents les garçons des grandes classes. Quand elle passait près d'eux, ils la sifflaient et lançaient en sa direction des blagues salaces, mais elle ne réagissait jamais et poursuivait son chemin, la tête haute, sans modifier son orgueilleuse démarche. Lizka ne se liait avec personne, parmi les garçons et les filles elle n'avait pas d'amis proches, et, si on laisse de côté ses relations avec Pacha, l'employé de la chaufferie, on peut dire qu'elle était très solitaire.

La chaufferie où travaillait Pacha, un garçon timide et taciturne de vingt-cinq ans, se trouvait juste sur le chemin qui menait de l'école à la maison, et Lizka y entrait presque chaque jour, pour fumer en cachette et pour regarder Pacha charger du charbon sur sa pelle et le jeter dans la gueule d'énormes fours. On ne sait comment, le torse nu de Pacha, les flammes et les chaudières à vapeur éveillaient en elle le désir de connaître cette chose qui était de plus en plus souvent le thème des chuchotements des filles entre les cours ; cette chose que certaines affirmaient avoir déjà expérimentée, et qu'elles décrivaient dans tous ses détails. Et lorsque cette sensation secrète, jusque-là inconnue, effrayante, mais violemment attirante, se transforma en pur désir et devint insupportable, elle choisit Pacha comme étant celui qui convenait le mieux pour lui donner une suite concrète.

Ce soir-là elle prévint sa mère qu'elle allait à l'anniversaire d'une copine, avec l'argent qu'elle avait économisé en rognant sur les repas de la cantine elle acheta une bouteille de porto, et elle se rendit chez Pacha. Le jeune chauffeur commença par s'affoler, mais finalement il l'invita à entrer dans le cagibi où il habitait, un réduit minuscule avec un lit étroit et une petite table couverte d'une pellicule de poussière charbonneuse.

Pacha but à larges gorgées en mangeant des tranches de saucisson, et très vite le vin lui monta à la tête. Après qu'il eut vidé la moitié de la bouteille, ses yeux qui ne tenaient pas en place se mirent à briller, sa figure crasseuse s'illumina d'une expression provocante, et il entreprit même de raconter une anecdote comique. Lizka ne faisait pas attention à ce qu'il disait. Elle fumait cigarette sur cigarette et essayait de se représenter l'effet que cela lui ferait, quand ces mains noires de suie commenceraient à se promener sur son corps tout blanc. Puis elle se déshabilla, se faufila sous la couverture et se tourna vers Pacha pour observer ses mouvements.

Pacha écarta le reste du saucisson, s'essuya les mains au rideau et, à son tour, se déshabilla. La fermeture à glissière d'une de ses chaussures resta coincée, et, comme il ne réussissait pas à la débloquer, il se jeta sur Lizka sans l'ôter, avec son pantalon à moitié baissé sur une jambe.

Tout se produisit avec une telle rapidité qu'en dehors de la douleur et de la sensation d'avoir reçu une souillure à l'intérieur de son corps, elle n'éprouva rien.

– Quoi ? C'est pour ça que les gens se tirent une balle dans la tête, se cisaillent les veines, écrivent de la poésie et ont des insomnies ? pensa-t-elle en revenant chez elle. Non, non et non. Je ne serai amoureuse de personne, jamais !

Et désormais elle ne pouvait plus voir sa mère comme avant, sa mère dont la vie était traversée par tant et tant d'hommes. Sa conduite à présent lui apparaissait incompréhensible et monstrueuse.

Toutefois, bien que l'idée d'être au lit avec un homme suscitât en elle du dégoût et de la peur, elle était consciente d'être maintenant une femme, et cela lui plaisait. Deux fois elle accepta d'aller au cinéma avec Iourka, un élève de Terminale, et un jour elle lança au professeur de gymnastique un tel regard que celui-ci rougit et s'empressa de lui tourner le dos. Les garçons avaient senti en elle un changement fondamental et maintenant ils cherchaient sa compagnie ; elle s'était mise à aimer leur faire des avances, elle goûtait d'être entourée de l'attention générale. En son for intérieur elle les divisait en deux catégories : les boutonneux primitifs, pas assez vieux et juste bons pour flirter, et ceux qui étaient plus adultes et bien bâtis, qui exhalaient une odeur d'eau de Cologne et de tabac, et avec qui elle n'avait pas honte de se promener main dans la main, ce qui remplissait les autres filles de jalousie.

Mais plus que tout Lizka se réjouissait d'avoir attiré sur elle les regards du plus remarquable, du plus beau garçon de l'école, Alexeï. C'était un élève brillant, doué en sport, secrétaire de la section d'établissement des Komsomols. Elle était folle de bonheur quand il l'invitait à des soirées, quand il lui écrivait des petits mots enflammés pendant les cours et quand il la raccompagnait chez elle en fin de journée. Même les enseignants, qui jusque-là se plaignaient à Elena Georgievna parce que sa fille refusait de porter l'uniforme scolaire obligatoire, parce qu'elle se maquillait et ne faisait aucun effort pour devenir un membre actif de la société communiste, approuvaient cette union. Et peut-être tout se fût-il bien passé s'il n'y avait eu cette abomination, survenue juste une semaine avant les examens : Pacha s'était vanté devant ses amis d'avoir dépucelé Lizka.

Lizka avait toujours pensé que Pacha, cet ouvrier tranquille et réservé, serait incapable d'une telle vilenie ; or dans la petite bourgade, avide de rumeurs, la nouvelle et les bavardages graveleux se répandirent comme une traînée de poudre. Les habitants de Lopoukhov commencèrent à hocher la tête d'un air indigné, les yeux devinrent fuyants, les admirateurs se détournèrent, et sous le crâne de Lizka se mit à résonner un unique discours :

– Une pute ! Elle marche sur les traces de sa mère. C'est exactement la même putain que sa mère.

Et Lizka de nouveau courut se réfugier dans les jardins fruitiers ; afin de ne pas éclater en sanglots, elle inspirait à pleins poumons le vent tiède du printemps ; elle restait longtemps allongée sur l'herbe fraîche, sans bouger, totalement vide. Pour la première fois elle raconta son malheur à sa mère, et pendant un temps elle eut l'impression qu'entre elles deux il n'y avait plus aucun abîme, mais elle se trompait. Elena Georgievna posait sur elle des yeux pleins d'amour et de bonté, mais qui ne comprenaient rien à sa peine. Quant au mot « putain », Lizka le lisait sur le visage des filles de sa classe, qui chuchotaient dans son dos avec des airs entendus ; sur la tête des enseignants qui feignaient d'être impartiaux et faisaient comme si rien ne s'était passé ; dans l'attitude des vieilles retraitées assises en permanence sur un banc devant la maison ; et, tout simplement, dans les regards de tous ceux qu'elle rencontrait dans la rue, connus ou inconnus. Petit à petit, la misérable petite ville provinciale de Lopoukhov la dévorait toute crue.

Lizka n'avait pas encore réfléchi à ce qu'elle voudrait faire plus tard, mais, par chance, l'école d'infirmières de la ville de G. fit savoir à cette même époque qu'elle accordait une équivalence entre ses épreuves d'admission et le certificat de fin des études secondaires. Lizka se raccrocha immédiatement à cette possibilité. Elle avait décidé qu'il valait mieux être infirmière que rester à Lopoukhov fût-ce une journée de plus. Et au moment précis où ses camarades de classe festoyaient et dansaient pour saluer la fin des examens, Lizka, munie d'une lettre pour une tante qu'elle n'avait jamais vue, empoigna deux lourdes valises et prit la direction de G.

– Au revoir, maman ! Au revoir, Lopoukhov, ville natale ! Ville minable, ville exécrable, au revoir !

DEUX

Pour aller de la gare à la maison de sa tante, Lizka monta dans un tramway, elle resta collée à la fenêtre et observa avec avidité l'agitation de la rue. Obéissant à des logiques incompréhensibles, les gens allaient et venaient le long d'innombrables immeubles en préfabriqué, se jetaient comme des troupeaux au galop sur les passages pour piétons, s'engouffraient on ne sait où, ressortaient. Les avenues à quatre voies étaient encombrées de voitures et d'autobus qui s'aggloméraient dans des bouchons et klaxonnaient sans arrêt. Puis le tramway s'engagea sur un pont, prit de la hauteur, et la ville de G. apparut à Lizka dans toute sa majesté. Elle s'étendait sur les deux rives du fleuve, les constructions s'étiraient jusqu'à l'horizon où les cheminées des usines crachaient leur fumée, par dizaines et peut-être par centaines.

Après être descendue du tramway, Lizka dut marcher à pied sur une bonne distance. Elle faisait des pauses fréquentes pour soulager ses mains que le poids des valises meurtrissait. Sans le vouloir, elle se comparait aux citadins, et elle n'en revenait pas de les voir se déplacer d'une manière aussi légère et indépendante, sans échanger de salutations, avec des tenues d'une élégance extraordinaire. Bien qu'elle portât ses plus beaux habits, elle avait honte de son aspect de provinciale.

Elle jetait de brefs regards sur la figure des passants, cherchant visiblement à y lire une appréciation – d'approbation ou de reproche – mais tout le monde se hâtait vers ses affaires et personne ne lui accordait la moindre attention.

La tante, une femme d'âge mûr à cheveux roux, drapée dans un kimono, reçut sa nièce assez sèchement. Elle la fit entrer et, tandis qu'elle prenait connaissance de la lettre qu'avait écrite Elena Georgievna, sa physionomie prenait une expression de plus en plus hostile.

Drôle de femme, pensa Lizka, qui pendant ce temps examinait la pièce où elle se trouvait.

Par terre il y avait des cuvettes remplies d'eau, le parquet était couvert d'égratignures dues aux pieds de meubles qui avaient été déplacés, et partout étaient suspendues des cloches et des clochettes.

– Tu sais, on ne peut pas t'héberger chez nous, dit enfin la tante.

Elle traça de la main un cercle au-dessus de la tête de Lizka et poursuivit :

– Tu émets de l'énergie négative. Ça pourrait nuire à l'aura de notre appartement.

– Pardon ? fit Lizka, interdite.

– Mon mari et moi, nous avons une vision ésotérique du monde. Nous avons si longtemps cherché à ne faire qu'un avec l'esprit que maintenant nous redoutons toute intrusion de l'extérieur. Mais ne t'inquiète pas, nous allons te trouver un endroit où loger. Mon mari connaît le directeur d'un foyer de travailleurs dans un quartier ouvrier qui est justement tout près de ton école d'infirmières.

La tante de nouveau fit un geste dans le vide.

– D'ailleurs, reprit-elle, tu peux dormir ici aujourd'hui. Mais pour l'instant, va te promener. Moi, je dois faire ma gymnastique respiratoire.

Lizka errait sans but dans la ville inconnue, elle

léchait les vitrines et, avec les maigres économies de sa mère, elle achetait des gâteaux dans presque toutes les pâtisseries ; et elle réfléchissait à sa situation. Finalement, même si l'unique parente sur laquelle elle pouvait compter dans la ville s'était comportée envers elle d'une façon vexante et très triste, elle se réjouissait du fond du cœur à l'idée de sa totale liberté. Personne ici n'avait entendu parler d'elle ou de sa mère, et maintenant elle allait pouvoir se lancer dans une existence tout à fait différente, une existence qui lui appartiendrait en propre.

Le foyer de travailleurs dans lequel Lizka devait être logée était en fait un vieil immeuble décrépi à quatre étages comme on en construisait au temps de Khrouchtchev. Dès l'entrée, Lizka sentit une violente odeur d'urine et d'oignon frit. Dans la pénombre du couloir couraient des enfants, deux femmes brandissant des casseroles se couvraient d'injures sonores, et les fenêtres étaient grandes ouvertes, mais le linge qui séchait avait été suspendu de telle manière que la lumière du soleil et l'air frais ne pouvaient pratiquement pas rentrer.

Quand Lizka entra dans la pièce qu'on lui avait affectée, elle découvrit avec étonnement que celle-ci était déjà occupée par trois jeunes filles.

– Bonjour, dit-elle depuis le seuil, et elle montra le document signé par la direction. On m'a envoyée loger chez vous.

– Ça dépasse les bornes ! s'écria une des filles, et, indignée, elle jeta loin d'elle le livre qu'elle était en train de lire.

– Non mais… à ton avis, où est-ce qu'on va mettre ton lit ? s'étrangla la deuxième.

– Ça suffit, vous deux ! dit celle qui était l'aînée des trois.

Elle se leva, alla vers Lizka en tendant la main.

– Je m'appelle Nina, continua-t-elle. Voilà Vika, et

elle, c'est Olga. Entre, on va bien imaginer quelque chose pour le lit.

La pièce était effectivement trop petite pour quatre personnes. Trois lits étaient placés contre les murs, un chiffonnier les séparait de la table qui manifestement servait à la fois pour préparer les repas et pour faire les devoirs. En voyant le genre de livres qui s'alignaient sur les étagères et sur le rebord de la fenêtre, Lizka comprit tout de suite que les filles faisaient elles aussi leurs études à l'école d'infirmières. La table de nuit qu'on lui donna avait un pied cassé, on l'avait remplacé par deux livres : un manuel de latin et un cours sur l'immobilisation des blessés durant leur transport. Pendant que Vika et Olga libéraient de mauvaise grâce un peu de place dans l'armoire et que Lizka y mettait ses affaires, Nina trouva la solution au problème du lit supplémentaire. Les filles superposèrent deux lits, enfonçant des clous qui traversaient les pieds en plastique du premier pour pénétrer dans les montants en bois du deuxième. Cet échafaudage finit par être assez solide, et Lizka, en tant que plus jeune du groupe, fut désignée pour dormir dans le lit du haut.

– Bon, fit Nina lorsque l'installation de la nouvelle venue fut terminée. On va être plus à l'étroit, mais on ne va pas en mourir. Allez, c'est l'heure de pendre la crémaillère.

De dessous son lit elle sortit une bouteille d'alcool à 90°, et dans une tasse en aluminium elle en mélangea une partie avec une boisson à base de jus de framboise. Une fois que chacune d'elles eut avalé une gorgée de ce breuvage, les jeunes filles éclatèrent de rire, et il n'y eut plus trace de la froideur avec laquelle elles avaient accueilli Lizka.

Elles commencèrent ensuite à papoter, et de leurs propos il ressortit clairement que Nina jouait dans cette chambre un rôle moteur. Elle avait terminé l'école d'infirmières deux ans plus tôt, et maintenant elle travaillait dans un dispensaire de dermato-vénérologie. Comme elle souhaitait trouver à la fois un appartement et un mari, elle se débattait entre deux prétendants. Le premier était ingénieur et il avait une voiture, mais il ne possédait aucune surface habitable ; le second était architecte et sans voiture, mais il avait en revanche une vieille grand-mère qui avait promis de lui léguer son appartement après sa mort. Ne sachant sur qui arrêter son choix, Nina accordait ses faveurs à l'un et à l'autre, et parfois aussi à Tolia, un plombier qui logeait dans la chambre d'à côté. Vika et Olga étaient à peine plus âgées que Lizka ; elles suivaient les cours de l'école d'infirmières, en deuxième année. Elles rassurèrent Lizka en lui disant qu'il n'y avait absolument rien de difficile dans ces études, l'essentiel étant de franchir le cap de la première année ; et elles s'engagèrent à lui dégoter un garçon qui lui conviendrait.

C'est alors que, brusquement, il fallut mettre fin à la fête et lui substituer une activité que nul n'aurait pu prévoir. On ne sait pourquoi, dans les étages supérieurs avait été lancée une opération anti-cafards. Les bestioles rendues folles par le poison essayaient d'y échapper en s'enfuyant par les conduits de chauffage, par les gaines d'aération, par les tubes où passaient les fils électriques. Des cafards ainsi rampaient hors de toutes les fissures possibles et imaginables, couraient en colonnes le long du couloir, cherchant un abri dans les placards, derrière les frigos, et parfois tombant directement du plafond sur la tête des gens. À leur tour les quatre filles durent défendre leur chambre contre cette offensive répugnante, et se battre avec tout ce qu'elles possédaient comme bombes et poudres insecticides. Une fois que l'atmosphère dans l'immeuble fut devenue tout à fait irrespirable, elles s'empressèrent d'évacuer les lieux.

Elles n'étaient pas seules sur le trottoir. Devant le foyer, il y avait déjà beaucoup de monde. Jeunes travailleurs et jeunes étudiants, déjà tous un peu soûls, allaient et venaient en maillots de corps, en pantalons de survêtements avec des poches aux genoux, braillant des chansons, jouant de la guitare et jurant comme des charretiers. Et évidemment, comme tous dès le milieu du mois avaient épuisé leurs tickets mensuels de rationnement de spiritueux, ce qui se buvait était de l'alcool de contrebande et de la bière faite à la maison. Peu habituée aux boissons fortes, Lizka aurait préféré refuser ce qu'on lui offrait, mais elle avait peur de se distinguer des autres. Elle avala une gorgée d'un liquide qui avait un goût mielleux suspect et aussitôt elle eut envie de vomir. Elle se précipita vers un buisson. Nina s'approcha d'elle :

– Tu veux un conseil ?

– Quel genre ?

Lizka s'introduisit deux doigts dans la bouche et elle vomit.

– Attends pas, fiche le camp au plus vite de ce nid de punaises. Autrement tu resteras coincée ici comme une pauvre conne et tu finiras par te marier à un monstre quelconque. Tu peux pas savoir comme j'en ai marre de cette saleté, de ces queues qu'on doit faire pour prendre une douche. L'hiver, quand les toilettes sont bouchées, tout le monde va se soulager dans la cour, n'importe où. C'est vrai qu'en ce moment on voit pas toute cette merde dehors, mais c'est parce qu'à la fonte des neiges, on sort tous avec des pelles et on passe une journée à gratter. Ici, c'est pas une vie. Débrouille-toi comme tu veux, mais moi je te le dis : t'incruste pas ici !

Lizka fut tellement ébahie par ce discours que ses nausées disparurent. Elle avait cru que ses nouvelles amies étaient très heureuses de vivre ensemble, entourées d'une joyeuse compagnie. Elle se tourna vers Nina avec des yeux que l'étonnement agrandissait.

– Mais toi, pourquoi tu vis ici, alors ?

– Ben, parce que j'ai été aussi conne que toi. Et aussi parce que je vais bientôt me marier et laisser ce taudis derrière moi. J'en ai ma claque de devoir demander aux filles d'aller faire un tour pendant une demi-heure quand je suis avec un homme. Et ce lit qui grince ! Et les hennissements des voisins derrière la cloison ! Mon Dieu... où sont passés mes dix-sept ans ?! Fiche le camp, ma fille, avant qu'il soit trop tard !

– J'ai besoin d'un peu de temps, répliqua Lizka. J'ai besoin de me retourner, de voir comment sont les choses.

– Conneries ! De quel temps tu as besoin ? Crois-moi, tu vas t'engluer dans ce marécage, tu vas en avoir jusqu'au cou, et quand tu voudras en sortir, ça sera déjà en train de te remplir la bouche. Cherche-toi un travail et une chambre indépendante. J'ai pas envie de te voir souffrir à ton tour, comme nous toutes ici. Tiens, au fait, en attendant, je vais te donner des chaussures à moi, une vieille paire. Celles que tu portes sont complètement nulles.

Nina embrassa Lizka sur la joue et sourit.

En soirée, les filles organisèrent pour Lizka un petit circuit touristique dans le foyer communautaire. Elle apprit quels jours de la semaine et à quelle heure elle pourrait utiliser la douche et la plaque électrique dans la cuisine collective. Elle fit la connaissance de plusieurs voisins de couloir ou d'autres étages. C'étaient des étudiants et des ouvriers, des couples et des célibataires, et il y en avait tant qu'elle ne réussissait pas à mémoriser leurs noms. Pleine de ces nouvelles impressions, et comme persuadée qu'elle était liée à tout ce monde-là depuis déjà bien longtemps, elle s'enfonça dans un sommeil heureux et paisible.

Le lendemain, les filles, pleines d'abnégation, consacrèrent leurs efforts à améliorer l'aspect extérieur de Lizka, car le jour suivant elle allait devoir affronter sa première journée à l'école. Vika lui coupa les cheveux très court, en s'inspirant du tout dernier cri de la mode que présentait le magazine *L'Ouvrière*, Nina et Olga fouillèrent de fond en comble dans sa valise, jusqu'à conclure qu'en dépit de son poids respectable, celle-ci ne contenait rien de valable. Les sous-vêtements venus de Lopoukhov suscitèrent chez elles une hilarité qui fit rougir Lizka de honte. Sur les autres affaires, déclarèrent-elles, il y avait des corrections à apporter, mais on arriverait à quelque chose. Les filles certes achetaient, elles aussi, des vêtements dans les boutiques soviétiques, mais, n'ayant pas les moyens de les donner à des couturières, elles savaient comment modifier elles-mêmes presque toutes les robes, toutes les jupes et tous les corsages.

D'un côté, elles avaient envie de voir Lizka être mise en valeur et elles souhaitaient qu'elle apparaisse devant ses condisciples dans toute sa beauté, et, d'un autre côté, elles la prévenaient du danger que représentait Kikimora*, la responsable de la chaire de médecine, dont il ne fallait surtout pas s'attirer les mauvaises grâces. C'était une vieille fille puritaine, trempée dans les forges du stalinisme, qui détestait les étudiantes irradiant la jeunesse et la beauté. Les filles prêtèrent à Lizka une partie de leurs affaires personnelles et l'habillèrent de telle sorte qu'elle eut de la peine à se reconnaître dans le miroir. Le lendemain, elle parcourut les couloirs de sa nouvelle école avec fierté, très sûre d'elle, et déjà sans ses complexes de fille de la province. Mais il en aurait fallu plus pour éviter un conflit avec Kikimora.

– Donc, voilà. Bien que vous soyez des feignantes et

* Personnage de la religion populaire, esprit mauvais qui hante le foyer.

des attardées, vous avez de la chance. Vous avez été recrutées dans le cadre de notre nouveau programme expérimental, un programme qui exigera de vous de la ténacité et du zèle. Durant l'été, vous allez suivre un cours accéléré. En août, vous serez en vacances, et en septembre vous commencerez l'année scolaire normale.

La responsable de la chaire de médecine promena sur l'assistance un regard glacial, et sourit d'une façon métallique, puis elle continua :

– Et rappelez-vous bien, tas de flemmardes. Vous n'êtes plus au lycée, ici on ne va plus être aux petits soins pour vous comme si vous étiez des bébés.

Dans la salle monta une rumeur de désapprobation. Révoltées par ce discours hostile, les étudiantes échangeaient entre elles leurs premières appréciations concernant leur professeur.

– Silence ! hurla Kikimora d'une voix aiguë, et elle donna un coup de règle sur son bureau. Je tiens à vous rappeler que la discipline existe toujours. Je demanderai des comptes à toutes celles qui s'absentent, et aussi à celles qui apprécient les produits de beauté, les minijupes et les cigarettes. Et maintenant, petites merdeuses, ouvrez vos cahiers, je vais vous dicter l'emploi du temps de la semaine.

– Personne ne vous a donné le droit de nous insulter, dit Lizka.

Sa voix manquait d'aplomb, mais elle était très distincte.

Une seconde plus tôt, elle ne savait pas qu'elle se lèverait pour prononcer cette phrase.

– Votre nom, ma chère petite ? demanda Kikimora, avec une intonation presque affectueuse.

– Ogourtsova.

– Camarade Ogourtsova, je suivrai vos efforts avec une attention toute particulière. Unum castigabis – centum ementabis.

Les filles du foyer, quand elles apprirent ce qui s'était passé, dirent à Lizka qu'elle ferait mieux de se taire si elle était de nouveau confrontée à une situation comparable. Elles lui donnèrent plusieurs exemples de cas où Kikimora avait réglé leur affaire à des indésirables. Une des étudiantes, amoureuse d'un enseignant, avait été exclue par elle de l'école sous prétexte qu'elle s'était mis du rouge à lèvres et du fard à paupières ; c'était pourtant une fille qui n'avait pas une note en dessous de dix-huit. À une autre étudiante, elle avait refusé l'admission à l'examen pour avoir manqué deux cours sans avoir présenté de certificat médical. Même les professeurs, qui connaissaient bien Kikimora, n'avaient pas osé prendre parti pour la malheureuse.

Et une semaine plus tard, Lizka ressentit directement ce que signifiait être mal vue par Kikimora. Celle-ci ne répondait pas aux salutations qu'elle lui adressait, corrigeait ses innombrables tests avec une méticulosité mesquine, et, chaque fois que Lizka avait envie de griller une cigarette à l'extérieur, se précipitait derrière elle sur le seuil de l'école avec un air si menaçant que Lizka n'avait plus qu'à faire semblant d'être allée là pour prendre une bouffée d'air frais.

La vie quotidienne minable, les beuveries au foyer, qui l'empêchaient de se concentrer sur ce qu'elle avait à apprendre, et la surveillance renforcée dont elle était victime de la part de celle qui enseignait la matière principale, tout cela obligea bientôt Lizka à repenser aux avertissements de Nina. Les employeurs renâclaient à embaucher des étudiants, mais là, Lizka eut de la chance.

Le directeur du service du logement lut la demande de Lizka, étudia avec attention ses papiers d'identité et hocha la tête :

– Ben oui, on a besoin de concierges. Le travail manque pas. Le salaire est bas, faut pas se cacher la vérité, mais tout de même, ça fait quatre-vingt-dix roubles net. Allez voir le gérant de l'immeuble, il vous remettra les balais, une pelle et tout le bazar nécessaire. Voilà l'adresse.

Le futur lieu de travail de Lizka, l'immeuble numéro dix-huit de l'avenue des Gymnastes, était un bâtiment de neuf étages qui se dressait solitairement au centre d'un terrain vague couvert de mauvaises herbes. Devant la maison il y avait un espace aménagé pour les enfants, entouré d'une compacte ceinture d'érables, et un parking gigantesque, sur lequel on voyait dans un coin une vieille Pobieda rouillée, dont les roues avaient été remplacées par des cales en bois.

Une fois qu'elle eut reçu du gérant son matériel et les clés d'un débarras, Lizka alla s'asseoir dans la cour, sur la balançoire. Elle regarda autour d'elle. Des gosses tapaient dans un ballon, avec deux briques comme cages de foot improvisées ; sur les bancs devant les entrées des blocs, des vieilles au regard méfiant étaient assises, échangeant leurs interminables médisances ; de petits groupes d'hommes avaient pris place à l'ombre des arbres, tranquillement, avec des jeux de cartes et de la bière. Lizka se mit à imaginer le regard étonné que tous ces gens poseraient sur elle si elle commençait maintenant à jouer du balai. Et bien que sa mère lui eût répété et répété qu'il n'y avait aucune honte à travailler, quel que soit le genre de travail qu'on accomplisse, Lizka se sentit mal à l'aise. Qu'est-ce qu'on allait penser d'elle, une fois qu'on la verrait dans une affreuse blouse de concierge, avec un grattoir à la main ?

Un camion interrompit ses réflexions. Il venait de surgir du terrain vague. De ses roues mouillées se détachaient de gros paquets de boue qui atterrissaient sur l'asphalte. Lizka se mit à penser que bientôt la boue sécherait, qu'elle se transformerait en poussière et en sable, et que ce serait ensuite à elle de la nettoyer. Où donc ce crétin de chauffeur avait-il pu accumuler une telle quantité de boue, en plein mois de juillet, alors qu'autour de lui tout était brûlant et sec ? Qu'est-ce que ça serait en automne, après le début des pluies ! Et... les feuilles ! On ne peut pas imaginer l'automne sans une incroyable quantité de feuilles mortes. Dans la mémoire de Lizka réapparut Lopoukhov, avec ses jardins fruitiers, toujours couverts en automne d'un épais tapis de feuilles, et elle se mit à regarder avec haine les érables et les joueurs de cartes qui s'étaient allongés sous leur ombre. L'un des joueurs avisa son regard et lui fit signe :

– Hé, toi ! Qu'est-ce qui te met en rage ? T'es trop jolie, faut pas être en colère comme ça. Viens donc vers nous.

Lizka ne répondit pas, se leva et s'éloigna. En passant à côté des containers d'ordures, elle les examina. L'une des bennes était tellement bourrée que le vent, pourtant pas très fort, en arrachait les sacs en plastique et les bouts de papier, et leur faisait traverser la cour, en direction de nulle part.

Au début, afin d'éviter les regards curieux, et aussi afin de ne pas être vue par une de ses connaissances, Lizka essaya de travailler le matin. Elle se levait à quatre heures, enfilait des vieilles baskets fatiguées, et, avec une dégaine de sportive décontractée en train de faire son footing matinal, elle se rendait avenue des Gymnastes, au numéro dix-huit. Trois heures plus tard, harassée et trempée de sueur, elle revenait au foyer, prenait une douche à toute vitesse, et, le plus souvent sans avoir eu le temps de déjeuner, elle se dépêchait d'aller aux cours. Mais Kikimora, qu'elle haïssait de plus en plus, la surprit un matin en train de somnoler en classe et lui fit une scène terrible, et elle dut renoncer à cet horaire.

Maintenant elle travaillait tard le soir, quand il n'y

avait presque personne dehors, si on excepte une poignée de locataires qui sortaient promener leur chien et quelques rares couples d'amoureux. Tout d'abord Lizka balayait la surface asphaltée de la cour, puis les chemins d'accès aux différentes entrées, laissant derrière elle plusieurs tas de détritus qu'ensuite elle chargeait avec une pelle dans une brouette dont elle allait vider le contenu dans une des bennes. Puis elle faisait le tour de l'immeuble avec un gros sac en papier qu'elle remplissait avec les boîtes de conserve vides, les emballages et les sacs de cellophane. Ce travail monotone l'apaisait énormément et lui donnait une sensation de propreté intérieure. Sans lever la tête sur les gens qui passaient à côté d'elle, elle observait l'asphalte qui devenait, à chaque coup de balai, plus propre, débarrassé de sa boue, de son sable, de ses pollens que le vent transportait depuis les peupliers de la rue voisine. Et, parfois, elle souriait aux pensées qui lui venaient. Elle rêvait à son premier salaire, et au fait qu'elle pourrait bientôt louer une chambre indépendante. À l'avance elle goûtait le plaisir qu'clle éprouverait quand, au marché aux puces, elle achèterait à un trafiquant des chaussures blanches fabriquées en Yougoslavie, avec des attaches dorées et des talons de neuf centimètres. Elle les enfilerait pour aller en discothèque, elle allait gagner d'un seul coup neuf centimètres !

Deux semaines plus tard, la cour de l'immeuble avait été métamorphosée : grâce aux efforts de Lizka, le parc et les étendues de gazon autour de la maison avaient cessé de ressembler à une décharge d'ordures, et deux auxiliaires volontaires, des grands-mères à la retraite, avaient même pris l'initiative de planter des fleurs devant la porte d'entrée de leur bloc.

Le matin, quand elle se rendait à l'école d'infirmières, Lizka faisait un grand détour par l'avenue des Gymnastes, afin de vérifier devant le numéro dix-huit si tout était en ordre et si des ordures ne s'étaient pas accumulées pendant la nuit. Personne sans doute n'aurait pu se douter que cette fragile jeune fille en petite robe d'été était en fait la concierge de l'immeuble, et seul quelqu'un de très observateur aurait pu remarquer avec quel œil méticuleux elle examinait la cour.

Un jour son regard fut attiré par un sac en plastique qui gisait sur l'herbe, du côté de l'avenue. Il contenait des épluchures de pommes de terre, une tête de hareng affreusement puante et des coquilles d'œuf. Lizka se rappelait avec netteté que la veille elle avait nettoyé l'endroit. Il n'aurait pas pu échapper à sa vigilance, évidemment. D'où venait-il ? Elle scruta les alentours : les gens qui allaient à leur travail ne lui accordaient aucune attention ; seul un chat qui sommeillait sur un rebord de fenêtre du rez-de-chaussée souleva la paupière pour voir ce qu'elle faisait. Elle feignit de renouer un lacet de sa chaussure et se baissa, puis rapidement elle saisit le sac entre le pouce et l'index et l'emporta vers la poubelle la plus proche. Toute la journée, elle resta sous l'effet de l'indignation. Elle n'acceptait pas que les gens ne respectent pas son travail et elle était en rage contre les locataires de l'immeuble. Sa seule manière de se consoler était de penser que, peut-être, tout compte fait, elle n'avait pas vu ce paquet à cause de l'herbe trop haute. Ce soir-là, elle passa au peigne fin toute la surface qu'elle devait nettoyer.

Mais le lendemain matin, au même endroit, elle découvrit un nouveau sac rempli d'épluchures et de boîtes de conserve vides. Elle sentit une boule compacte lui remonter au fond de la gorge, l'offense et l'amertume déferlèrent sur son corps comme une vague, ses yeux se mouillèrent. Elle observa la façade dans l'espoir qu'elle pourrait déterminer de quelle fenêtre l'ordure était tombée, mais on était en pleine canicule de juillet, et presque toutes les fenêtres étaient grandes ouvertes.

– Je t'aurai quand même, espèce de cochon, dit-elle à mi-voix, et elle ramassa le sac de détritus.

Puis elle se dépêcha de rejoindre l'école.

Le samedi matin, quand elle eut terminé son travail avenue des Gymnastes, Lizka ne rentra pas chez elle, mais elle s'installa sous les arbres devant la façade de l'immeuble, dans le but de mener son enquête et de savoir quel appartement était coupable. À son grand étonnement, elle n'eut pas longtemps à attendre. Une boîte de conserve vide vola hors d'une fenêtre du troisième étage et atterrit sans bruit sur la pelouse. Ayant calculé qu'il s'agissait de la fenêtre de l'appartement cinquante et un du bloc deux, Lizka se précipita dans l'escalier.

Un barbu obèse lui ouvrit la porte. Il avait la bouche pleine.

– Qu'est-ce que vous voulez ?

– Pourquoi vous faites ça ? demanda Lizka, en essayant de donner à sa voix le plus d'assurance possible.

– Quoi, qu'est-ce que je fais ? répliqua le gros barbu.

Il avait cessé de mâcher et il ouvrait des yeux ronds d'étonnement.

– Pourquoi vous lancez des ordures par la fenêtre ? Je travaille ici comme concierge, et j'en ai assez de…

– Ça te fait du bien de travailler ! l'interrompit l'obèse avec grossièreté, et il lui claqua la porte au nez.

Lizka ne s'était absolument pas préparée à voir les événements prendre une telle tournure, et elle resta interdite devant la porte fermée, à cligner des yeux comme une gamine. Soudain elle ressentit une irrépressible envie de se rendre aux toilettes et elle se précipita dans les escaliers. Elle dut encore contourner l'aile gauche du bâtiment et couper à travers le parking avant de trouver les buissons tant désirés. Égratignée par une branche d'acacia, elle put enfin s'accroupir à l'abri du mur végétal. Elle pensa au temps où elle était enfant, quand elle rêvait d'être un homme pour pouvoir pisser debout et n'importe où. Puis elle se rappela ce type ignoble de l'appartement cinquante et un. Elle osait tout de même espérer que sa visite ne resterait pas sans conséquence, et que le gros barbu mettrait fin à ses cochonneries.

Toutefois ses espoirs se révélèrent vains. Le lundi matin, la pelouse sous les fenêtres de l'appartement cinquante et un était jonchée de vieux journaux, de bouteilles vides, de papier hygiénique souillé et d'ordures liquides de provenance inconnue. Ne maîtrisant pas sa fureur, Lizka oublia qu'elle avait cours et alla se plaindre au gérant de l'immeuble. Celui-ci l'écouta avec attention, mais lui conseilla de ne pas avoir d'histoires avec ce locataire. Il prit la peine de téléphoner à la milice pour demander si elle ne pouvait pas intervenir, mais là, comme d'habitude, on se réfugia derrière le manque de personnel, le manque de voitures, et on suggéra aux intéressés de régler le problème eux-mêmes. En rage, Lizka monta au troisième étage et se mit à cogner de toutes ses forces contre la porte du barbu. Elle vit nettement une ombre apparaître dans le judas de sécurité, au milieu du panneau, et elle sut qu'il la regardait.

– Cochon ! Sale cochon ! cria-t-elle. Va ramasser tes merdes !

Derrière la porte quelqu'un éclata de rire :

– Vas-y toi-même, connasse ! C'est ton travail, pas celui des autres !

Une dame entre deux âges se manifesta soudain à l'appartement d'à côté. Elle pencha la tête à l'extérieur, lança un regard furieux sur Lizka et se mit à protester d'une voix sifflante :

– Arrêtez ce vacarme ! Si on ne vous ouvre pas, c'est

qu'il n'y a personne. Allez-vous-en ! Allez-vous-en tout de suite. Vous n'avez rien à faire ici !

Puis elle recula et disparut de nouveau.

Lizka se sentait complètement brisée. Elle descendit les escaliers. Elle n'avait plus aucune énergie et elle pleurait en silence, les joues barbouillées de rimmel. Dans toute son existence, jamais elle n'avait rencontré une pareille humiliation, une telle injustice. Le désespoir et l'apitoiement sur son triste sort bloquaient toutes ses pensées et elle n'avait aucune idée de ce qu'elle allait faire ensuite. Elle se représenta la fin de la journée, quand elle devrait nettoyer la pelouse, habillée de son horrible blouse de concierge, tandis que le barbu au-dessus d'elle se répandrait en sarcasmes, et brusquement elle se rendit compte qu'aucune force au monde ne pourrait la contraindre à faire cela. Elle sortit de l'immeuble, elle marcha d'un pas décidé vers les hideux détritus et elle empoigna une bouteille vide. Peut-être était-ce parce que aucun vent ne soufflait, ou parce que dans son geste elle avait réuni toute sa douleur, son humiliation, sa haine ? En tout cas, la bouteille alla frapper exactement la fenêtre de l'appartement cinquante et un, elle pulvérisa la vitre et poursuivit sa course à l'intérieur. Il y eut ensuite beaucoup de remue-ménage ; le bruit de verre, les jurons et les cris apaisèrent enfin Lizka, et en un instant elle fut envahie par une sensation de froid et de vide. Elle s'adossa à un des érables. Comme non concernée par l'agitation, elle s'était mise à observer les locataires qui apparaissaient et disparaissaient aux fenêtres, et les curieux qui s'étaient rassemblés autour d'elle. Quelqu'un demandait ce qui s'était passé, un autre, très excité, informait la foule et pointait un doigt en direction de Lizka, un troisième avait déjà appelé la milice.

Un petit fourgon de la patrouille locale déposa Lizka

à la neuvième section de l'arrondissement Lénine. Tout sourires, un sergent la prit poliment sous le bras et la conduisit dans un sous-sol. L'espace était frais, l'air sentait l'urine, le long des murs s'alignaient les portes grillagées des cellules, et au centre, sur une petite estrade, était posé le bureau de l'officier de service ; derrière le bureau, un capitaine de la milice était assis, renfrogné et dur.

– Ah, encore une travailleuse de choc des trottoirs socialistes ? demanda-t-il, après avoir rapidement regardé Lizka.

– Je ne suis pas prostituée, s'étrangla Lizka. Je suis concierge.

– Ah ! Ah ! Ah ! Et moi, je suis le père Noël, ricana le capitaine, en ajoutant à l'adresse du sergent : Cellule trois !

– Camarade capitaine, fit remarquer le sergent, il n'y a plus de place assise dans la cellule trois.

Il continuait à sourire et à tenir Lizka par le coude.

– Bon, mets-la dans la deux-places !

– Il y a déjà un type dedans…

– Et alors ? Elle a l'habitude.

Quand la porte de la cellule claqua derrière Lizka, elle sursauta, et, en entendant le lugubre grincement du verrou, elle commença soudain à comprendre ce qui était en train de lui arriver. À la minute d'avant, tout était encore très différent. Elle avait l'impression d'être un individu en liberté, quelqu'un qui avait certes commis un acte répréhensible, mais qui se trouvait toujours en liberté. Et maintenant elle était en prison. Comment pourrait-elle continuer à étudier, qu'est-ce qui allait se passer quand l'école d'infirmières serait avertie, que dirait sa mère ? Lizka, qui jusque-là était restée passive, se réveilla.

– Écoutez, dit-elle en s'agrippant aux barreaux. Je n'ai commis aucun crime et je ne suis pas une prostituée. Je vais tout vous expliquer. Faites-moi sortir d'ici !

Mais comme personne ne lui prêtait la moindre attention elle se mit à crier en lançant des coups de pied contre la porte :

– Eh, vous m'entendez ? Je peux pas rester enfermée ici ! Faites-moi sortir immédiatement !

Le capitaine à la mine sévère leva les yeux.

– Écoute-moi bien, ma petite. J'ai trop de paperasses à remplir pour te le répéter deux fois. Toutes tes histoires, tu pourras les raconter en détail à un inspecteur, mais seulement quand il viendra, demain matin. Les toilettes, ici, c'est une fois toutes les quatre heures. Rien à boire, rien à manger. Interdit de fumer. Tu as droit à un coup de téléphone. Pas de chance, notre téléphone est en panne depuis hier. Pour les détenus qui s'agitent on a des menottes et un bâillon. Et ça – il montrait une matraque en caoutchouc – ça peut avoir un mauvais effet sur le fonctionnement de tes reins. Je te signale aussi qu'aujourd'hui je suis de mauvaise humeur. Des questions ?

– Tu ferais mieux de t'asseoir et de te calmer, dit le codétenu de Lizka en lui faisant de la place sur le banc où jusque-là il avait été allongé. T'auras rien à gagner si t'énerves les flics. Comment tu t'appelles ?

– Lizka.

Elle sentait sa voix qui tremblait dans sa gorge.

– Moi, c'est Micha.

L'inconnu fit un sourire et, comme il lisait la peur dans ses yeux, il ajouta :

– T'inquiète pas. Je suis pas un récidiviste de je sais pas quoi. Disons que je me trouve là suite à un malentendu.

Lizka s'installa timidement sur le banc et regarda autour d'elle. La cellule ne faisait pas plus de trois mètres carrés ; les murs de béton étaient souillés de taches de sang qui avaient eu le temps de jaunir. C'était effrayant, et elle était sur le point d'éclater en sanglots, quand l'inconnu de nouveau lui parla :

– T'as quel âge ?

– Dix-sept.

– Ah, alors t'as pas à t'en faire. T'es une gosse, ils règlent ça autrement qu'avec les adultes.

Micha sourit encore.

– T'as fait une connerie ? demanda-t-il.

Lizka lui raconta en quelques phrases ce qui lui était arrivé. Et plus elle avançait dans son récit, plus Micha manifestait son hilarité. Vers la fin, il riait aux éclats en se tenant le ventre et en renversant la tête en arrière. Son rire était si contagieux que Lizka à son tour se dérida, puis s'esclaffa.

– Tu sais, dit-elle à travers ses hoquets, je crois bien que la bouteille lui a atterri sur la tête.

– Eh bien, ça lui apprendra, à ce type. Et te fais pas de souci, on va pas te mettre en prison pour une broutille comme ça. T'as envie de fumer ?

– Ben oui. Mais comment...

Micha souleva le bas de son pantalon et il retira de sa chaussette une cigarette et des allumettes. Il replia sa main autour de la cigarette et l'alluma. Ils se tournèrent vers le mur et fumèrent en se la passant à tour de rôle. Ils faisaient des gestes pour disperser la fumée et l'empêcher d'arriver jusqu'aux narines de l'ombrageux capitaine. Lizka observait avec quelle avidité Michka tirait sur la cigarette. Elle s'aperçut qu'elle le trouvait beau et qu'il lui plaisait. Il devait avoir dans les trente-cinq ans, il n'était pas très grand, mais il était bâti comme un sportif. Les boucles de ses cheveux châtains descendaient sur ses yeux rieurs, vifs, très bleus.

– Et toi, demanda-t-elle, pourquoi on t'a mis là ?

– Oh, ça, c'est une très longue histoire.

– On a toute la nuit devant nous. L'inspecteur vient que demain matin.

– Ben, mon cas est beaucoup plus compliqué que le tien, dit Micha.

Il éteignit le mégot sur la semelle de sa chaussure et commença à raconter son histoire.

TROIS

Micha est né en Ukraine, à Kharkov. Jusqu'à sa dix-huitième année, son existence s'écoule dans la maison paternelle sans heurt et sans nuage. Sa famille est fière du caractère doux dont il fait preuve, à l'école ses maîtres sont satisfaits de son travail, ses camarades l'apprécient, car il est toujours disposé à rendre service. Un jour, même, il sauve une vie : celle d'un de ses copains qui tombe dans un étang et boit la tasse, et qu'il sort de l'eau à moitié mort.

Parmi ses nombreux centres d'intérêt, la musique l'attire plus que tout. Il adore la guitare, il a une voix magnifique, il joue superbement, il ne se sépare jamais de son instrument. Aussi, quand vient le moment pour lui de se choisir une profession, il va voir un artisan luthier et entre dans son atelier comme apprenti. Son idée est qu'il n'a pas besoin de suivre des études particulières et qu'il pourra ensuite se faire beaucoup d'argent. À cette époque, l'industrie soviétique produit des guitares acoustiques par centaines de milliers, les magasins de musique en débordent. Mais ce sont des instruments qui ne donnent pas satisfaction aux musiciens professionnels, ils doivent donc s'adresser à des luthiers : et ceux-ci se font payer très, très cher.

Micha s'approprie rapidement les techniques de son maître, avec plaisir il apprend à en maîtriser toutes les subtilités, et bientôt il a sa propre clientèle, un cercle d'acheteurs qui lui permet de vivre sans aucun souci matériel. Il devient propriétaire de son appartement, il fonde une famille. Et il est reconnaissant au destin, jusqu'au jour où le destin lui joue un tour terrible.

Un soir, il rentre chez lui et, en montant les escaliers, il aperçoit un trousseau de clés qui est resté dans la serrure de l'appartement d'à côté. Il hoche la tête, pensant avec désapprobation à la distraction de son voisin, et il sonne à la porte.

La porte s'entrouvre. Il se trouve nez à nez avec un visage épouvanté.

– Qu'est-ce que tu veux, toi ?

– J'habite à côté de chez vous. Je voulais seulement vous signaler que vous aviez oublié vos clés dans la serrure. Si un autre que moi avait vu ça, il aurait peut-être…

Micha n'a pas le temps de finir sa phrase. Des mains solides l'empoignent, l'entraînent à l'intérieur. Dans l'entrée il y a plusieurs types. Il n'a pas le temps de les regarder en détail, parce que sans perdre une seconde ils commencent à le rouer de coups. Et quand il reprend ses esprits, il a un couteau sanglant dans une main, près de lui gît le propriétaire du logement, assassiné, et il est entouré par des miliciens et des inspecteurs.

Des situations semblables, on en parle ou on les rencontre dans des romans, mais bien sûr jamais Micha n'aurait pu imaginer qu'un jour il s'y trouverait mêlé. Avec une certaine naïveté, il continue à croire en la justice. Mais la milice de Kharkov, elle, ne croit pas un mot de ce qu'il raconte, et elle s'en tient religieusement à son plan d'enquête criminelle.

Plusieurs méthodes sont appliquées pour obtenir les aveux de Micha. Pour commencer, on le prive de sommeil, de nourriture et d'eau, puis on utilise d'autres arguments, d'abord en lui mettant sur la tête une pile épaisse de vieux dossiers et en tapant là-dessus avec des haltères, ensuite en remplissant des bottes de feutre avec des morceaux de briques et en s'en servant pour le frapper sur les reins. Il y a aussi un soir où des gardiens ivres le menottent aux barreaux de la cellule et le sodomisent. Dans la section de la milice travaille un de ses amis, celui justement qu'il avait sauvé de la noyade. L'ami est là, à côté. Il baisse les yeux, il regarde par terre.

La souffrance, la peur, le désespoir font leur office, et Micha finit par avouer qu'il a commis le meurtre. Quand, plus tard, on le laisse sortir en liberté surveillée, la première des choses qu'il fait est de se précipiter au Parquet. Par chance, il y trouve des gens honnêtes, qui annulent ses aveux et lancent une enquête interne.

Le juge du Parquet veut absolument envoyer devant un tribunal les miliciens coupables, ceux-ci multiplient les déclarations qui font d'eux de petits anges, et Micha se terre chez lui en tremblant comme une feuille.

Au bout d'un certain temps, il reçoit la visite de ses tourmenteurs. Ils lui proposent une forte somme d'argent en échange de son silence et ils l'invitent à un pique-nique en dehors de la ville. Micha accepte. Lui aussi, à vrai dire, craint un procès, il préfère que tout se règle d'une façon pacifique. Pendant le pique-nique, les miliciens demandent pardon à Micha, ils lui font boire de la vodka, ils le régalent avec des brochettes de mouton, et ensuite, à la fin du repas, ils l'entraînent au pied d'un sapin et ils lui passent la corde au cou.

Comment la pendaison se déroule, Micha n'en conserve pas le souvenir. Au moment où il émerge de l'inconscience, un homme jeune en survêtement est penché au-dessus de lui. Il s'agit d'un enseignant d'éducation physique qui, tout à fait par hasard, est passé par là en faisant un cross avec sa classe.

– Qu'est-ce qui t'a pris de vouloir te pendre, mon

gars ? T'as pourtant ici de quoi abreuver et nourrir tout un bataillon !

Les élèves mangent les brochettes, le jeune prof et Micha boivent la vodka, le Parquet et la milice classent l'affaire suite au suicide du témoin principal, et le pays se prépare à fêter le soixantième anniversaire de la Révolution d'octobre.

Poussé par la peur, sans argent, sans papiers d'identité, Micha à présent est en fuite. Il n'a même pas revu sa femme et ses enfants. Pour survivre, il gagne quelques roubles en déchargeant des wagons ici et là, et, peu à peu, il rejoint le nord du pays, où personne ne s'intéresse à son passé et où la main-d'œuvre manque.

Au début, il travaille avec des géologues qui cherchent du pétrole et des minerais, puis pendant plusieurs années il est employé dans un élevage de rennes. Il avait toujours pensé que la toundra était une terre déserte et gelée, impropre à la vie. Et maintenant, il voit combien elle peut être fleurie et bigarrée pendant l'été, avec des espèces d'écureuils à gros derrière, des *bouroundouks*, qui bondissent dans les herbes hautes, et avec des ours rusés, des mouettes aux cris stridents. Micha apprend à castrer les rennes, il se prépare des petits déjeuners avec leurs testicules, il sait à présent travailler les peaux, il sait pêcher. Il est très apprécié par ses compagnons, il les a conquis en jouant de la guitare et en chantant les chansons qu'il compose. Un homme qui a beaucoup souffert écrit de belles chansons.

Un soir, près du feu, quelqu'un raconte une vieille légende qui le fait éclater en sanglots. Autrefois, il arrivait qu'un homme parte pour la chasse ou pour la pêche, et ne revienne pas à la maison : un ours l'avait griffé à mort, ou il s'était retrouvé avec d'autres sur un morceau de banquise qui avait pris le chemin de l'océan. Or si, malgré tout, cet homme réussissait à rester en vie, il ne pouvait plus revenir vers les siens. Dès que la tribu l'apercevait au loin, elle le prenait pour un démon et se dépêchait de lever le camp. Ces malheureux survivants étaient condamnés à une solitude éternelle ; on les appelait les hommes noirs. Eh bien, maintenant, Micha considère qu'il est comme eux, comme ces hommes noirs.

Et il pense en permanence à la maison qu'il a quittée, à sa douce Ukraine et à sa famille. De sorte qu'au moment où commence la perestroïka, il décide de rentrer chez lui.

En chemin, il lui arrive fréquemment de se retrouver dans les bureaux de la milice, puisqu'il n'a pas de papiers. Il donne son identité et, chaque fois, une demande de confirmation est envoyée à Kharkov, avec toujours la même réponse : le citoyen en question est décédé en 1977. Le plus souvent, la milice fait un geste d'impuissance et le laisse repartir ; mais il reste exposé au danger de voir son dossier traité par un type manquant de conscience, par un quelconque inspecteur qui lui ferait porter le chapeau d'un crime non éclairci et l'enverrait pour de bon derrière les barreaux.

Dans le Grand Nord, où n'importe quel géologue ou éleveur de rennes aurait pu se porter garant pour lui, il a eu la possibilité de se faire établir de nouveaux papiers, mais il n'a pas voulu, craignant que cette démarche permette qu'on le retrouve et qu'on le zigouille, et cette fois pour de bon.

Lizka s'était calmée : le récit de Micha l'avait impressionnée, et elle en avait oublié sa propre peur. Si tout ce qu'il lui avait raconté était vrai, quel courage il avait fallu à cet homme pour ne pas sombrer ! En comparaison, on pouvait dire que son existence à elle avait été une réussite totale. Ah, s'il n'y avait pas eu cet incident, cette bouteille !

– Alors t'es toujours pas retourné chez toi ? demanda-t-elle.

– Toujours pas, répondit-il en souriant. Comme tu vois, je suis ici, coincé à G., et je sais pas s'ils vont me retenir encore longtemps ou non.

– On pourrait peut-être se revoir plus tard, quand on se sera tirés d'ici, hein ?

– Pas de problème. Donne-moi une adresse, je te retrouverai. J'ai rien pour la noter, mais je vais pas l'oublier.

Le lendemain matin, l'inspecteur arriva, et on conduisit Lizka dans son bureau. Il commença par poser à Lizka des questions formelles, lui demandant son nom et son statut social, et Lizka brusquement trouva la situation amusante. Elle s'imaginait dans la peau d'une jeune résistante soumise à un interrogatoire dans une prison fasciste. L'idée lui parut plutôt cocasse et elle essaya de se retenir de glousser, mais elle n'y parvint pas. L'inspecteur leva sur elle une paire d'yeux stupéfaits.

– Il n'y a pas de quoi rire, Ogourtsova. On a dû faire neuf points de suture à ta victime.

Lizka redevint sérieuse.

– Ce qui signifie ? demanda-t-elle.

– Ce qui signifie hooliganisme, article 206 du Code pénal, et que tu ne pourras pas couper à une amende pour la fenêtre. En tout cas, tu passeras devant un tribunal. Comme tu es mineure et que ton casier judiciaire est vierge, ça m'étonnerait qu'on te condamne à deux ans ferme. Mais six mois avec sursis, ça, je te les garantis.

– Attendez, mais...

Maintenant Lizka n'avait plus aucune envie de rire. Elle savait qu'avec une condamnation pénale dans son dossier elle ne pourrait plus être inscrite dans un établissement scolaire, et qu'elle aurait le plus grand mal à trouver du travail. Et puis, quoi ? Qu'est-ce que c'était que cette histoire ? Elle, Lizka, on allait l'amener devant des juges, pour un vrai procès ? Non, impossible. Il devait certainement y avoir une autre solution.

– Qu'est-ce qu'on peut faire ? dit-elle. Je vous en supplie, dites-moi… qu'est-ce qui va m'arriver ?

– Il fallait y penser avant, dit l'inspecteur avec indolence, tout en lui fourrant un stylo dans la main. Signe ici, et tu peux partir. Tu recevras une convocation.

Les plus lugubres pensées tournaient dans la tête de Lizka alors qu'elle se dirigeait vers la sortie. Elle frôlait des gens en uniforme de miliciens et, derrière la vitre qui servait de séparation entre le couloir et le poste de garde, elle pouvait voir le sombre capitaine qui mangeait un petit pain en buvant du lait caillé. À côté de lui se tenait un homme en civil qui devait lui raconter une blague, car le sinistre capitaine s'était mis à rire, la tête en arrière, et des gouttes de lait lui coulaient sur les joues.

Une fois dans la rue, elle éprouva un sentiment de soulagement, même si elle conservait l'impression d'être une criminelle libérée après avoir purgé une peine de cinq ans. Le monde n'avait pas changé : sur les avenues inondées de soleil les gens continuaient à marcher, les voitures à circuler, et, dans le jardin public tout proche, les moineaux pépiaient. Lizka s'aperçut qu'elle les écoutait comme si c'était la première fois qu'elle entendait des oiseaux. Pourquoi jusque-là n'avait-elle jamais prêté attention à leurs chants ? Elle fut tentée de s'asseoir sur un banc et de griller une cigarette, mais soudain une angoisse affreuse surgit des tréfonds et l'envahit : non, dans le monde rien n'avait changé, mais à elle il était arrivé quelque chose de terrible. Et elle s'élança en courant en direction du foyer.

La voix pleine de larmes, elle conta ses mésaventures à ses compagnes. Elle espérait recevoir d'elles une compassion et une aide véritables, mais au lieu de cela elle obtint seulement des lamentations, et un apitoiement derrière lequel se cachait surtout une vive curiosité. Sur l'histoire de Lizka se greffèrent des rumeurs, tant au foyer qu'à l'école d'infirmières. Et tout le monde lui posait la même question idiote :

– Qu'est-ce que tu vas devenir ?

La milice adressa des documents officiels à l'école et à l'administration du foyer des travailleurs. Kikimora ne laissa pas passer une si belle occasion de faire exclure Lizka : dans une institution qui formait du personnel médical, une hooligane n'avait pas sa place. Et désormais Lizka restait des journées entières dans sa chambre, allongée sur le lit du haut, à examiner les fissures du plafond et à attendre qu'on lui interdise aussi de travailler comme concierge.

Nina, jamais à court d'initiatives, débloqua la situation. Elle fit intervenir des amis d'amis, des connaissances de connaissances, et trouva un avocat auprès de qui elle demanda conseil. Elle recueillit ensuite des signatures dans tout l'étage, sous un texte qui déclarait que les signataires étaient collectivement solidaires de Lizka, et elle obligea le gérant du foyer à y ajouter son nom. Puis elle alla au service du logement et demanda au directeur de remettre à plus tard sa décision d'exclure Lizka du foyer : elle lui promettait qu'aucun procès n'aurait lieu. Et enfin, elle se rendit chez la victime pour la convaincre de retirer sa plainte.

Elle revint tard dans la soirée. Elle était épuisée, mais elle souriait.

Lizka sauta à bas de son lit.

– Alors ? demanda-t-elle.

– Faut savoir parler aux gens. Tu peux te réjouir, il a retiré sa plainte.

Elle fit un clin d'œil à Lizka.

– Va falloir me rémunérer, ajouta-t-elle.

– Tu as couché avec lui ? demandèrent Vika et Olga, presque d'une seule voix.

– Vous êtes cinglées ! Non, je lui ai dit que si mon amie se retrouvait sur le banc des accusés, je le retrouverais, lui, dans le bas de l'immeuble, pour lui fendre le crâne. Et pas avec une bouteille. Avec un marteau.

Des larmes brillèrent dans les yeux de Lizka.

– Merci, Nina, dit-elle.

– Tu crois que c'est des mercis que je me mets dans la bouche ? Tu me donneras tes tickets de saucisson. Et maintenant, tout le monde au dodo !

Elle est si forte, cette fille, si sûre d'elle, pensait Lizka, alors que pour la troisième nuit consécutive, bouleversée par les événements des derniers jours, elle ne réussissait pas à fermer l'œil. Cette Nina, elle avance droit sur les obstacles comme un brise-glaces, elle ne connaît pas la défaite.

Lizka avait très envie de ressembler à Nina.

Le lendemain, Lizka était seule dans la chambre. À la recherche d'un nouvel établissement scolaire, elle lisait dans le journal les annonces et les avis officiels, quand tout à coup dans l'encadrement de la porte apparut Micha. Il exhalait une odeur de vodka, son visage rayonnait, il avait dans les mains une brassée de fleurs des champs.

– Bonjour, Liza, dit-il en lui tendant son bouquet.

C'était la première fois de sa vie qu'on l'appelait Liza et, comme Micha avait prononcé son nom d'une façon particulièrement douce, Lizka rougit une seconde, puis aussitôt elle se domina et lui proposa une chaise.

– Tu en es où ? Assieds-toi, raconte !

– Ben, ça va pas fort, évidemment. Pas un sou, pas d'endroit où dormir. Enfin, l'essentiel, c'est que je suis de nouveau libre.

Micha sourit et poursuivit :

– Comme d'habitude, Kharkov a fait savoir que j'étais mort et enterré. Tu sais, ça me rappelle un film où il y a un type, Petoukhov, qui demande à l'hôpital une attestation comme quoi il est vivant. C'est le droit romain : si t'as pas un bout de papier sur toi, t'as autant d'importance qu'une fourmi ! Mais je finirai bien par inventer un truc quelconque pour m'en sortir. Quand on y pense, j'ai pas mal de savoir-faire. Et je vais devoir traîner ici, dans cette ville, pendant un moment encore. Au fait, il y a une guitare dans le coin ?

– Je crois que j'en ai vu une chez les voisins.

– Tu pourrais pas aller la chercher ? Pendant ce temps, moi, je prépare du thé.

Micha fit une nouvelle fois son sourire charmeur. Comme s'il était chez lui, il alla vers la bouilloire et il fourra la résistance dedans.

Lizka alla se procurer la guitare et, en chemin, elle pensa à tout un tas de choses. Elle évita même de rentrer immédiatement dans la chambre et elle resta debout un instant dans le couloir pour réfléchir. Ses propres malheurs lui paraissaient absolument puérils. Et Micha, en ce moment… pour lui, comme ce devait être dur ! Elle le plaignait et elle aurait voulu l'aider, mais elle ignorait comment. Et aussi : elle était heureuse qu'il soit venu. Un homme gentil, un peu naïf, et en même temps si courageux, avec en lui une force qui attirait, une force à laquelle on n'avait pas du tout envie de s'opposer.

Micha avait apporté une bouteille de vodka déjà à moitié vide, et il en versait dans son thé. Après avoir bu plusieurs verres de ce mélange, il dit soudain :

– Écoute, et si on allait ensemble en Ukraine ? T'as aucune raison de t'incruster à G. pour y faire tes études. Moi, je t'offrirai le soleil, les palmiers et la mer Noire.

– Tu es ivre, répondit Lizka en riant.

– Et alors, qu'est-ce que ça change ? On va faire des concerts, tous les deux, on va gagner un paquet d'argent. Tu as de l'oreille ?

– Je sais pas.

– Allez, chante-nous quelque chose.

– Quoi ?

– Ce que tu veux, allez. Fais pas ta timide.

Lizka tout d'abord refusa, mais ensuite elle ferma les yeux, se tranquillisa et chanta un petit couplet de quatre vers, sa chanson préférée.

– Splendide ! Tu as du talent, dis donc. Me fais pas croire qu'avec une voix pareille tu voudrais travailler dans un réfectoire ou une usine !

– Tu racontes n'importe quoi, protesta Lizka.

Mais la remarque lui avait causé un immense plaisir.

– Bon, maintenant, à moi, dit Micha.

Il s'empara de la guitare, l'accorda rapidement et commença à chanter.

Jamais encore Lizka n'avait entendu quelque chose de plus beau que les chansons de Micha. Sans s'arrêter, il les enchaînait ; tantôt Lizka avait envie de pleurer, elle se souvenait de sa mère, des vergers de Lopoukhov ; tantôt elle souriait, battant avec le pied la mesure d'une mélodie entraînante. Micha continuait à jouer, il n'observait de brèves pauses qu'au moment où il se penchait au-dessus de sa tasse, et Lizka l'écoutait, regardait ses lèvres et ses mains, et elle se rendait compte qu'elle était tombée amoureuse de lui.

Ils restèrent ensemble jusqu'au soir.

– Tu pourrais pas rester encore un peu ? demanda Lizka. Bientôt les autres filles vont arriver.

D'un côté, Lizka voulait que les autres goûtent à leur tour le génie musical de Micha, et d'un autre côté, à l'avance, elle se sentait jalouse.

– Non, faut que j'y aille.

– Où tu vas passer la nuit ?

– Te fais pas de souci pour moi, c'est pas la première fois.

Micha commençait à rassembler ses affaires.

– Au fait, dit-il, tu pourrais pas me prêter un peu d'argent ?

– Bien sûr, dit Lizka en retirant un portefeuille de sa table de nuit. Tiens. Voilà vingt roubles. C'est mes derniers, mais prends-les. Demain, on me paie mon salaire.

– Un salaire... qu'est-ce que c'est bien, commenta Micha.

Il finit la bouteille de vodka et embrassa Lizka sur la joue.

– Tu m'invites quelque part, demain ? proposa-t-il.

– Ce serait super.

Quand Nina revint du travail, Vika et Olga, qui étaient rentrées une heure plus tôt, se précipitèrent sur elle pour l'informer que Lizka avait un petit ami. Elles jacassaient à qui mieux mieux. Elles lui montraient les fleurs, la bouteille, et assuraient qu'il y avait des odeurs d'homme dans la pièce.

Nina regarda Lizka d'un air dubitatif.

– Ça, alors ! Tu perds pas ton temps, toi ! On se demande comment tu t'es débrouillée. Enfin... au lieu de penser aux garçons, tu ferais mieux de penser à ton avenir.

Pendant toute la soirée, les filles plaisantèrent aux dépens de Lizka. Elles l'assaillirent de questions, mais Lizka souriait mystérieusement et ne leur répondait pas. Elle était heureuse.

Micha avait deux fois son âge, mais cela ne la troublait pas du tout. Au contraire, elle se voyait volontiers dans un rôle d'élève ; elle s'efforçait d'imiter Micha en tout. Elle était subjuguée par son sens de l'humour et sa manière de ne pas accorder d'importance aux difficultés. De tous les hommes que Lizka avait rencontrés jusque-là, Micha se distinguait par une grande douceur de caractère et par sa bonté. Il était si tendre et caressant avec elle qu'après leur première nuit passée ensemble elle avait à jamais perdu toute aversion pour le sexe.

Ils se retrouvaient presque chaque soir quelque part dans la ville, et le samedi, quand Nina travaillait dans l'équipe de nuit et que Vika et Olga étaient reparties à la campagne chez leurs parents, Micha passait la nuit au foyer.

Lizka aurait souhaité en savoir plus sur l'homme qu'elle aimait : elle aurait aimé comprendre ce qu'il faisait de ses journées, où il dormait, et où il trouvait de l'argent pour vivre ; mais il évitait de s'étendre sur ces questions et il ne parlait que de plans d'avenir. Tantôt il essayait de convaincre Lizka de partir avec lui en auto-stop vers l'Ukraine, pour ensuite en rejeter l'idée, car l'absence de carte d'identité la rendait pour lui impraticable ; tantôt il disait qu'il allait monter un atelier de réparation de guitares, et avec ça gagner l'argent nécessaire au voyage. Et, tandis qu'il dépeignait l'existence radieuse et insouciante qu'ils mèneraient sur les bords d'une mer chaude, Lizka dépensait pour lui la moitié de son salaire de concierge. Avec une première paie ils avaient acheté pour lui des vêtements, car ceux qu'il portait étaient vraiment au dernier stade de l'usure ; et quand vint la paie suivante, il lui proposa de la craquer tout entière dans un grand restaurant. Elle avait envisagé de s'offrir des chaussures yougoslaves et elle hésita, mais finalement elle opta pour le restaurant de luxe, car elle n'était jamais entrée dans ce genre d'endroit.

À l'heure convenue, Micha arriva au foyer et il eut presque du mal à la reconnaître. Comme d'habitude, elle avait emprunté à ses compagnes un corsage neuf et des produits de beauté d'importation. Elle avait une allure superbe, elle irradiait le charme et le bonheur.

– Tiens, quatre-vingt-dix roubles, dit-elle en tendant l'argent à Micha. On va où ?

Micha regarda les billets avec une grimace naïve.

– J'ai peur que ça suffise que pour une personne, dit-il. Tu pourrais pas emprunter le reste à quelqu'un ?

– Je sais que Nina a un peu d'argent dans sa table de nuit. Seulement, elle est encore à l'hôpital.

– C'est pas grave. On m'a fait une bonne commande pour une guitare. Je pourrai rendre ça dans exactement deux jours.

– C'est vrai ?

– Parole.

– Et si quand même on attendait le retour de Nina ? suggéra Lizka, qui ne voulait pas prendre l'argent de son amie sans le lui demander d'abord.

– Attendre, toujours attendre ! On a toujours l'impression qu'on doit terminer quelque chose avant de se mettre à vivre pour de bon. La vie, c'est toujours pour après. Quand ça, après ? Quand on sera mort ? Les gens rêvent d'une vie sans soucis, mais d'abord ils se fixent des obstacles à surmonter : avoir un bel appartement, gagner beaucoup d'argent, acheter des trucs. Alors que c'est ça, la vie, cette bataille contre les difficultés. Faut vivre dans l'instant, jour après jour. Tu piges ?

– Ben oui, je crois.

Lizka sortit cinquante roubles du porte-monnaie de Nina et elle se serra contre Micha, qui avait posé un bras autour de ses épaules.

– Allons-y, dit-elle.

Au même instant Nina entra dans la chambre et, dès qu'elle aperçut Micha, son visage se déforma. Elle plissa les yeux, ses joues immédiatement s'empourprèrent.

– Semione ? fit-elle.

– Comment ça, Semione ? dit Lizka en clignant des paupières sans comprendre.

– Qu'est-ce que tu fais ici, dégénéré de merde ?!

Nina empoigna la première chose qui lui était venue sous la main, une poêle à frire en fonte, et elle se précipita sur Micha.

– Nina, je t'en prie ! Liza, je peux tout t'expliquer ! cria Micha.

Il esquiva le coup, repoussa Nina et bondit vers la porte.

– Arrête-toi, saloperie ! cria Nina en s'élançant à sa poursuite.

Ils coururent dans le couloir et, quand Micha atteignit le palier, il se jeta sur la rampe des escaliers et glissa à toute vitesse vers le bas.

– Et que je te revoie plus ! hurla Nina dans sa direction.

Elle avait la voix éraillée, la respiration coupée.

– Qu'est-ce qui se passe ? demanda Lizka avec effroi, quand Nina fut revenue dans la chambre, essoufflée, brandissant encore la poêle. Tu connais Micha ?

– Ce n'est pas Micha, c'est Semione. Comment ça se fait qu'il soit là ?

– Je comprends rien, Nina. Semione ? Pourquoi Semione ?

– Parce que c'est le nom que porte cette crapule. Il y a trois ans, une de mes amies a été sa victime. Une de ses victimes, la liste est longue. Au fait, vérifie que de l'argent a pas disparu.

– Je… On devait aller au restaurant, je lui ai donné ce que j'avais. Et en plus, je t'ai emprunté quelques billets…

– Hein ? Tu veux dire que ton mystérieux petit ami, c'est ce type ?

Nina éclata d'un rire nerveux.

– Tu es une belle idiote, Lizka. Ce Semione est un escroc professionnel, il est complètement alcoolique, il joue aux cartes. Je l'apercevais autrefois de temps en temps, mais depuis un moment on m'avait dit qu'il se cachait dans le Grand Nord pour fuir des dettes de jeu. Sa spécialité, d'habitude, c'est de consoler les veuves riches, mais s'il s'est attaqué à toi c'est que ses affaires vont vraiment pas fort.

Lizka se mit à pleurer, maintenant elle avait enfoui la tête dans son oreiller.

– Pourquoi les gens sont si cruels, si bas ? sanglotait-elle. Pourquoi vous me faites ça, hein ? Pourquoi ? !

QUATRE

L'automne s'annonça avec brutalité : avec les vents venus du nord arriva la baisse des températures, les arbres furent dépouillés de leurs feuilles jaunies, les rayons du soleil se ternirent, ne perçant plus que rarement l'épaisse couche grise des nuages, et des pluies interminables se déversèrent sur la terre et les passants, tous déjà profondément enfoncés dans la déprime.

Au numéro dix-huit de l'avenue des Gymnastes, la cour était à présent pleine de vastes flaques qui donnaient à Lizka du travail supplémentaire. Avec son balai, elle poussait vers ces mares les détritus et les feuilles mélangées à des débris de bois, et quand tout cela s'était imprégné d'eau et était devenu de la boue, elle le transportait dans une brouette jusqu'au container. Comme le jour tombait plus tôt et naissait plus tard, et que par mesure d'économie l'éclairage urbain n'était pas allumé en conséquence, Lizka devait faire son travail de concierge pendant la journée. L'avantage était que désormais elle pouvait paresser au lit presque jusqu'à midi.

Elle était réveillée en même temps que les autres par la sonnerie du réveil, et, depuis son perchoir, elle regardait les filles de sa chambre se lever. La première à bondir hors du lit était toujours Nina. Elle s'appropriait la douche et elle barbotait bruyamment dans le bac tout en fredonnant des airs qui n'avaient jamais rien de triste. D'où tirait-elle son énergie, son optimisme ?

– Quand on t'entend chanter, on a l'impression que tu n'as aucun problème, lui dit un jour Lizka alors qu'elle était en train de s'habiller.

– Des problèmes, j'en ai des tonnes, corrigea Nina avec un demi-sourire. Tiens, par exemple : la mémé de mon architecte veut toujours pas calancher. Quatre-vingt-neuf ans ! Quand est-ce qu'elle laissera les jeunes faire leur vie ? C'est peut-être pas joli de penser comme ça, mais si on déménageait dans l'appartement qu'elle occupe maintenant, on se marierait immédiatement. Mais bon... Faut aller de l'avant, faut s'agiter, sinon on tombe dans la mélancolie. Et faut pas trop réfléchir !

Et tandis que Vika et Olga en étaient encore à se frotter les yeux et à marcher vers la douche avec des mines déconfites, Nina faisait infuser le thé et préparait des tartines.

Ne pas trop réfléchir. Non, en ce moment, Lizka était incapable de se retenir de penser. Il est vrai que pour elle les sujets de rumination ne manquaient pas. Côté études, c'était un ratage ; côté cœur, elle était tombée amoureuse d'un aventurier ; elle logeait dans un foyer communautaire, dans un quartier ouvrier, partageant son espace avec trois filles qui n'étaient pas différentes d'elle, c'est-à-dire qui n'avaient guère de perspectives d'avenir. Et pendant ce temps, ailleurs, d'autres accédaient au grand amour, à la réussite, au bonheur. Quelle injustice ! Et de qui tout cela dépendait-il ? Qui procédait à ce partage des gens en deux catégories, ceux que la vie satisfaisait et ceux qui n'avaient aucune raison d'être satisfaits ? Et si, au fond, tout dépendait d'elle et d'elle seule ? Dans ce cas, il fallait agir. Faire des études, travailler ou se trouver un mari : un bel homme, rayonnant de bonté. Ou plutôt, non : un homme riche, peu importe qu'il ne soit ni très joli, ni très bon.

Lizka se mit à regarder Vika et Olga, elles allaient s'asseoir pour prendre leur petit déjeuner.

Ces deux-là, par exemple. Promises à devenir de bonnes infirmières, à se marier, à faire des enfants. Qu'est-ce qu'on pouvait trouver de bien là-dedans ? Elles allaient passer leurs journées à la maison, changer des couches, faire cuire de la soupe et s'asseoir en face de la télévision. Et elles devraient aussi courir les magasins, les bras chargés de sacs trop lourds, et consacrer la moitié de leur existence à faire des queues. Avec leurs maris, elles allaient économiser rouble après rouble pour pouvoir acheter une voiture, et, au bout de dix ans, elles auraient enfin assez pour se payer une Lada. Une vie entière comme ça ! Et c'était ça qu'on pouvait appeler un avenir ? Un avenir valable ? Et si notre seul avenir envisageable était la vieillesse, pourquoi nous obligeait-on à y penser dès la naissance ? Finalement, le mieux était peut-être de ne pas agir du tout. De se laisser porter par le courant, sans se plaindre d'avoir à travailler comme concierge. De toute façon, il fallait bien que quelqu'un balaie les rues, non ? Mais alors... elle allait être quelqu'un de fini, comme sa mère ? Une femme finie, sa mère, parce qu'elle n'avait plus ni jeunesse, ni beauté, ni but dans l'existence. Et son but, à elle Lizka, c'était quoi ? Changer les choses de fond en comble, faire en sorte que tout aille pour le mieux ! Envoyer le mauvais sort à tous les diables, renverser la vapeur avant qu'il ne soit trop tard !

Lizka quitta d'un bond son lit surélevé pour aller embrasser les filles qui partaient et fermer la porte derrière elles. Elle se prépara ensuite un énorme sandwich au saucisson, prit un roman sur l'étagère et retourna s'étendre.

Jusque-là, Lizka avait été une lectrice peu acharnée, mais à présent, que ce fût par désœuvrement ou parce qu'elle pensait trouver dans des livres quelques-unes des réponses aux questions qu'elle se posait, elle s'était mise à aimer lire des romans. Romans d'amour, d'aventures, romans historiques, policiers, tous la captivaient, l'entraînaient corps et âme dans un autre monde, un monde fascinant, mais, en même temps, aucun ne lui donnait d'instructions pour agir, aucun ne répondait à la question essentielle qui la hantait : comment poursuivre son existence. Dans les romans, les héros n'étaient pas du tout confrontés à la pénurie, ils ne recevaient pas de Lopoukhov des colis envoyés par leur mère, avec des pommes de terre, de la confiture et un peu d'argent. Ils se battaient avec courage, ils aimaient avec passion, ils accomplissaient des actes audacieux, fous, et pour autant personne ne songeait à les punir. Ils ne connaissaient pas les rayons vides dans les magasins, les samedis léninistes et les stages annuels obligatoires de défense civile. Ce n'étaient pas des personnes réelles, comme elle, Lizka, mais seulement des personnages, inventés pour exister quelques jours, en somme, le temps de sa lecture.

Or dans presque tous les romans il y avait un héros principal qui réussissait à surmonter les obstacles et à vaincre ses ennemis, ou qui élucidait des crimes, ou qui prenait la défense des pauvres et des opprimés, ou encore qui réalisait des exploits pour servir sa bien-aimée. Un héros honnête, intelligent, noble, sans problèmes de logement, sans problèmes matériels, ayant parfois des habitudes malsaines, certes, mais jamais malade, sensible, disponible, tendre et, bien évidemment, jeune et beau : où se cachait-il donc, ce chevalier de légende, destiné à Lizka ?

Quand Lizka décida d'aller à la recherche du prince charmant, elle ne partit pas seule, mais se fit accompagner de Nina ; celle-ci connaissait la ville par cœur et avait d'anciens patients qui travaillaient dans des restaurants ou des discothèques. Les deux filles s'apprêtèrent de leur mieux, ne lésinant pas sur les produits de maquillage importés et donc hors de prix, et elles comptèrent leurs roubles. Comme l'argent dont elles disposaient ne leur permettait rien d'autre qu'un café et une glace, leur plan d'action fut vite défini : occuper une table libre, bavarder entre elles avec animation et rire en cascade tout en faisant semblant de n'être aucunement intéressées par les hommes.

– Le reste, dit Nina d'un air entendu, c'est l'affaire de nos minijupes, avec en plus le cognac et le rock'n roll. Si les filets sont tendus comme il faut, les proies se feront pas longtemps attendre. Enfin, de toute façon, on s'en ira pas avec le ventre vide. Et oublie pas de marcher comme je t'ai appris : la jambe qui part du haut de la hanche.

Elles allèrent longtemps à travers la ville envahie par la nuit. Le froid les obligeait à rentrer la tête dans les épaules. Ici et là les flaques d'eau avaient commencé à geler, elles brillaient tristement sous la lumière de la pleine lune. Les taxis étaient rares, ils les dépassaient à toute vitesse. Au coin de la rue un matou infatigable poursuivait une chatte qui s'était réfugiée sur un arbre.

– Et si on entrait ici ? proposa Lizka. J'en ai marre de claquer des dents.

Elle montrait une maison de la Culture et son enseigne qui pendait : « Spoutnik ».

– Pas question, dit Nina en entraînant Lizka plus loin. C'est que des boutonneux. Et en plus, il y a que les gamines sur la piste de danse. Les garçons restent vissés aux bancs le long des murs, ils sont assis comme des empotés, ils font preuve d'aucune initiative.

Elles laissèrent de côté une deuxième maison de la Culture où, d'après Nina, on ne trouvait que des types ayant dépassé la trentaine, puis une troisième : toujours selon les dires de Nina, elles avaient peu de chances de tomber là sur autre chose que des repris de justice.

Finalement, elles s'arrêtèrent devant les portes du restaurant *Rossia*. Le portier leur lança un regard à la fois maussade et agressif, mais il ne prononça pas un mot et les laissa entrer.

Dans la grande salle, bruyante, enfumée, il n'y avait pas une seule place libre, en dehors d'une petite table dans un coin. Sur la nappe était posée une plaque : « Réservé ». Sans rien dire et sans hésiter, Nina se dirigea vers elle. Lizka la suivit.

– Allez, assieds-toi !

– Tu es folle ? On va nous chasser tout de suite ! objecta Lizka sur un ton effrayé.

Elle avait aperçu un serveur qui s'approchait.

– Veuillez m'excuser, dit le serveur. La table est réservée.

Son visage irradiait l'indignation, une indignation totale.

– Bonsoir, Vadik, dit Nina en se tournant vers lui avec un sourire. Tu te souviens pas de moi ?

– Pardon ? Pas du tout, non. Allez, libérez cette table !

– Eh bien moi, tu vas pas me croire, mais je me souviens parfaitement de tes ulcères. Tu en avais partout sur le corps quand tu venais te faire soigner au dispensaire.

– Je vous en prie, pas si fort ! chuchota le serveur.

Il avait blêmi, il lançait autour de lui des petits regards vifs, bondissants.

Nina sourit de nouveau.

– Apporte-nous donc deux milk-shakes, gros benêt. S'il te plaît.

– Deux milk-shakes, oui, répéta le serveur d'une voix métallique avant de s'éloigner, confus, la plaque « Réservé » à la main.

Elles étaient installées depuis à peine cinq minutes quand Lizka sentit un regard peser sur elle. Elle tourna la tête et aperçut à la table voisine deux hommes jeunes. L'un d'eux examinait obstinément ses jambes. Il remarqua qu'elle avait surpris son regard mais il ne se mit pas à regarder ailleurs, comme l'eût certainement fait quelqu'un d'autre dans la même situation. Il persistait à la dévorer des yeux.

– Ces deux-là, tu sais qui c'est ? demanda Lizka en indiquant la table voisine d'un mouvement de tête.

– Laisse tomber ! C'est des oiseaux hors de notre portée, dit Nina en faisant de la main un geste dédaigneux. Celui qui écarquille les yeux sur tes jambes, c'est Viktor Mikhaïlovitch, il est secrétaire du Comité de ville du Komsomol. À côté de lui, c'est un journaliste qui écrit dans *Le Compagnon de l'Agitateur*. J'ai oublié son nom.

Le secrétaire continuait à la détailler sous toutes ses coutures, et Lizka ne savait pas comment réagir. Lui sourire aurait été manquer de prudence. Elle décida donc de l'observer franchement à son tour. Un type maigre, voûté, avec un nez grec, des lèvres fines et droites sur lesquelles flottait une permanente expression de sarcasme : il ne lui plaisait pas. Mais ses yeux l'attiraient, pleins de force et d'impudence, des yeux perçants, dominateurs. Elle ne résista pas longtemps, un sentiment de gêne l'obligea à se détourner. Il se leva alors sans hâte de la chaise où il était assis et, toujours avec lenteur, mais très sûr de lui, il s'approcha et s'inclina légèrement. Lizka et Nina aussitôt furent enveloppées dans un parfum d'eau de toilette de luxe.

– Bonsoir, mesdames. N'aimeriez-vous pas vous joindre à nous ?

Sa voix avait une intonation de velours, mais elle donnait un ordre. Et même Nina, pourtant d'habitude délurée et ironique, se soumit immédiatement à la magie de cette intonation, à son pouvoir, et ne répliqua rien.

– Vous avez l'air complètement paralysées, buvez,

dit le secrétaire quand elles furent installées à sa table, et il versa du cognac dans tous les verres.

Le journaliste, qui avait déjà un coup dans le nez et que l'alcool rendait bavard, proposa de boire au plaisir d'avoir fait connaissance, alors que, détail remarquable, personne n'avait pris la peine de se présenter aux autres. Le secrétaire ne détachait pas les yeux de Lizka et restait silencieux ; il avait remis à son camarade le soin d'entretenir la conversation. Nina, pour sa part, répondait à quelques questions et en posait quelques autres ; elle mentit avec aplomb en prétendant que toutes deux étaient étudiantes à l'Institut polytechnique.

Comme Lizka se sentait mal à l'aise sous ce regard à la fois cynique et animal, elle trouva refuge dans la boisson. Et bientôt tout se mit à tournoyer sous son crâne : des phrases incompréhensibles, le canard rôti, les trognes rouges, ivres, hilares au milieu de la fumée du tabac, la musique, et les mains noueuses qui lui serraient puissamment les hanches pendant qu'elle dansait. Elle lâchait bêtises sur bêtises, il riait, elle cassa le talon d'une des chaussures que Nina lui avait offertes. Puis elle alla vomir aux toilettes, Nina et le journaliste avaient disparu on ne sait où, et ensuite elle se retrouva seule avec lui dans une voiture, et un peu plus tard il la chargea sur son épaule ; il l'emmenait, ils montaient des escaliers.

– Donnez-moi encore du cognac !... de l'Ararat ! Encore un verre ! criait-elle. Ne jetez pas d'ordures par les fenêtres ! Ararat, hourra ! Vive le Caucase et son soleil !

Le lendemain matin, quand elle se réveilla dans un immense lit qui n'était pas le sien, Lizka constata qu'on n'avait pas couché avec elle. Sur la table de nuit était posé un verre de jus de pomme, avec un petit mot : « Bonjour, Liza. Si tu veux partir, il te suffit de claquer la porte derrière toi, si tu veux rester, il y a des croquettes de viande avec du riz dans le frigo. Je serai de retour à quatre heures. Viktor.» Lizka s'emmitoufla dans un peignoir d'homme en tissu-éponge qu'une main serviable avait posé sur le dossier d'une chaise, à côté de ses vêtements bien pliés. Elle s'étira ensuite deux fois avec une telle violence que ses articulations craquèrent, puis elle bâilla et entreprit de visiter l'appartement.

Pour commencer, elle fut frappée par les dimensions de l'endroit où habitait Viktor. Il y avait cinq pièces, et, dans l'une de celle-ci, un escalier. Dévorée par la curiosité, elle monta les marches. Il y avait encore deux pièces à l'étage du dessus. Comme elle savait dur comme fer qu'en Union soviétique de tels logements n'existaient pas, elle se précipita sur le balcon pour voir dans quel pays elle avait atterri. Or l'immeuble n'avait absolument rien de particulier, il ressemblait à tous les autres immeubles qui se dressaient le long de la rue, aussi bien sur la droite que sur la gauche, toutes ces constructions préfabriquées du temps de Khrouchtchev, identiques, à quatre étages, pareilles à des boîtes. Et cette vision finit de la dérouter. Au même instant, le premier flocon de neige se posa sur son nez, et elle retrouva ses esprits. Il n'y avait rien de mystérieux dans cette histoire. Tout simplement, Viktor avait abattu la cloison qui séparait deux logements standard, et à cela il avait ajouté un troisième appartement, celui du dessus. Pendant une minute, Lizka s'étouffa d'indignation : son abri personnel à elle, c'était la place du haut dans deux lits superposés, avec un espace de vingt mètres carrés à partager entre quatre personnes, et ce bourgeois se prélassait sans vergogne dans trois appartements ! Mais bien vite ce sentiment d'injustice laissa place à d'autres pensées. Un prince charmant devait forcément habiter un palais. Et si Viktor était son prince charmant à elle, il fallait bien qu'il existe en chair et en os, avec un palais tout ce qu'il y avait de plus réel, non ? Cependant Lizka poursuivait son inspection des lieux, et elle allait de surprise en surprise. L'ameublement était réduit. Les habituelles armoires, tables et chaises étaient remplacées par des étagères basses posées sur le parquet vernissé, et sur lesquelles on pouvait voir les objets les plus divers : des coquillages, d'innombrables pierres de toutes les couleurs et tailles imaginables, des statuettes de bois et d'argile représentant des divinités africaines ou indiennes, des amulettes en cuivre et autres curiosités exotiques. Aux murs étaient suspendus des tableaux sans cadre, dont Lizka, en dépit de toute sa bonne volonté, n'arrivait pas à comprendre le sujet. La pièce aux bouleaux la fascina plus que tout le reste. C'était un espace complètement vide, si l'on excepte cinq ou six authentiques bouleaux qui avaient été fixés entre le plancher et le plafond et recouverts d'une laque transparente. Derrière les arbres, le mur avait été recouvert de posters représentant la lisière d'une forêt et plusieurs isbas perdues dans une perspective de campagne qui s'étendait à l'infini. Et devant les arbres, il y avait un gros fauteuil et un magnétophone de marque occidentale. Lizka eut immédiatement envie de l'allumer et d'écouter une cassette, mais sur les touches les indications étaient portées en un alphabet non russe, et, après avoir hésité, elle renonça. Entre elle et les langues étrangères, il y avait toujours eu un problème.

Dans une autre pièce, où vraisemblablement Viktor avait l'habitude de travailler, Lizka resta un peu plus longtemps afin d'étudier le contenu du bureau. Au milieu d'une énorme quantité de paperasses qu'elle parcourut sans rien y comprendre, elle trouva le passeport de Viktor : vingt-huit ans, célibataire ! Les murs ici étaient décorés avec toutes sortes de diplômes, des attestations, des certificats honorifiques, et tous proclamaient que celui qui les avait mérités était un activiste sans faille, un excellent étudiant et un tireur d'élite. Des mandats sur papier vermillon indiquaient que Viktor avait participé à une infinité de congrès et de conférences, à Moscou, à Sotchi, à Yalta. Bref, dès à présent elle pouvait être fière de son prince charmant. Il aurait pu être un peu plus joli, bien sûr, avoir un corps plus sportif. Mais les princes charmants, est-ce qu'on les choisissait vraiment ? On les attendait, et, quand ils arrivaient, il n'y avait pas à réfléchir. Il était intelligent et riche, comme elle l'avait souhaité, c'était l'essentiel.

Sans oublier en plus l'odeur très particulière qui régnait entre ces murs. Lizka ne se serait pas aventurée à en définir l'origine. Une très bonne eau de toilette ? Le vernis du parquet ? En tout cas, c'était une odeur qui apportait avec elle de la fraîcheur, de la propreté, une impression de confort, quelque chose qui rassurait et amollissait. Pour rien au monde elle n'aurait voulu maintenant retourner dans son taudis du quartier ouvrier.

Tout de même, ce Viktor, quelle personnalité intéressante et hors du commun, pensa-t-elle encore. Et, comme elle venait de se souvenir des croquettes dans le frigo, elle se dirigea vers la cuisine.

Personnalité hors du commun, Viktor Mikhaïlovitch l'était, effectivement, pour avoir mené à bien, en dépit de son jeune âge, une carrière qui n'avait connu aucun insuccès. Dès le lycée il s'était investi dans les activités du Komsomol et, quand il eut terminé ses études à la Faculté de philosophie à l'Université de G., ces activités l'occupèrent à plein temps. Non sans bénéficier de l'aide de son père, vice-ministre de l'Industrie lourde, il avait d'abord été nommé au secteur politico-idéologique d'un comité d'arrondissement, et, à peine un an plus tard, il était déjà deuxième secrétaire au comité de la ville. Ses capacités d'orateur avaient joué un rôle important dans sa promotion. C'était quelqu'un qui était capable de parler en même temps de tout et de rien, qui avait toujours à sa disposition plusieurs centaines d'aphorismes et d'expressions toutes faites, sans compter les citations de Marx, Engels et Brejnev qu'il plaçait souvent au meilleur moment, quelqu'un qui sortait victorieux de n'importe quel affrontement verbal. Quand les gens l'écoutaient, ils étaient sous le charme, opinaient pour marquer leur assentiment, et ils pouvaient rire aux éclats ou même éclater en sanglots sous l'influence de son discours ; dix minutes après ses premiers mots, ils étaient en général prêts à se lancer dans l'action qu'il les appelait à accomplir. Sa force de conviction était si grande que Cicéron aurait pu le jalouser, sans parler de Lénine ou de Hitler. Les sommités du Parti l'appréciaient pour cela, les militants de base buvaient ses paroles avec un frémissement de respect. Quant au premier secrétaire du Comité de ville, dont les interventions publiques étaient rédigées par Viktor Mikhaïlovitch, il le craignait un peu.

Avant la perestroïka, le travail de Viktor Mikhaïlovitch, en dehors de tâches purement paperassières, avait consisté principalement en meetings avec des collectifs de travailleurs ou avec des étudiants et des lycéens, au cours desquels il débitait des harangues enflammées sur la construction du socialisme et sur le rôle du Komsomol dans cette construction, appelant tous les présents à rejoindre les rangs de cette glorieuse institution. Mais lorsque avait commencé à souffler le vent des changements gorbatchéviens, avec la rationalisation économique et les premières coopératives, il s'était subtilement réorienté. À la place du drap rouge qui recouvrait le bureau du président de séance, il faisait mettre de l'étoffe verte ; il demandait qu'on enlève le pupitre de bois et la carafe d'eau ; il ne faisait plus démarrer chaque réunion par le chant jusque-là obligatoire : « Jamais je ne quitterai le Komsomol, ma jeunesse sera éternelle ! »

Maintenant, il s'adressait à son public en étant assis sur un coin de la table, pour respecter les nouveaux usages démocratiques :

– Camarades ! disait-il d'une voix dramatique. Assez de démagogie et de formalisme ! Nous avons besoin de produire du concret ! Et jusqu'ici, nous n'avons pas accordé la moindre attention aux aides à l'emploi ni aux loisirs de nos komsomols !

Et ainsi, rapidement, sous sa direction étaient apparues des entreprises de construction gérées par le Komsomol, qui édifiaient des immeubles pour l'élite dans les quartiers tranquilles de la ville, et des magasins du Komsomol, et des vidéo-bars et des casinos du Komsomol. Cette activité économique fournissait à Viktor Mikhaïlovitch des revenus non négligeables, tout en ne contredisant aucunement le travail qu'il appréciait, son travail de membre de la nomenklatura. Il visait, pour le futur, un poste de dirigeant du Parti à un niveau régional, et se préparait à entrer dans l'école des cadres du Parti.

Lizka brusquement revint sur terre. Elle s'était laissé prendre par son inspection de l'appartement, puis par ses lectures, et elle n'avait pas vu le temps passer. Puisqu'elle n'était pas allée à son travail, elle pouvait faire un peu de cuisine. Elle jeta un coup d'œil dans les placards et le frigo et elle se décida pour des macaronis à la mode de la Baltique. À quatre heures moins le quart, elle courait de la gazinière au miroir, tantôt pour calmer les pâtes qui cherchaient à s'enfuir de la casserole, tantôt pour dompter ses mèches de cheveux qui refusaient de rester en place. Elle eut encore le temps d'aller dans la salle à manger redonner une forme au coussin du divan, et elle était en train de remettre sur son étagère le livre qu'elle avait lu quand elle entendit un bruit de clé dans la serrure. Viktor rentrait chez lui.

– Tu sais faire la cuisine, constata celui-ci. C'est bien.

Sa voix était froide, mais tout montrait qu'il était content de la retrouver ici.

– Tu as un grand appartement, dit Lizka.

Elle essayait de sourire. Elle était debout devant lui, dansant d'un pied sur l'autre, sans savoir du tout quel comportement adopter. Viktor dut comprendre sa gêne, car il la prit par la main et l'emmena vers la cuisine.

– Si on mangeait ? Il me semble que j'ai ici une bonne bouteille de vin moldave.

Une fois à table, Lizka fut dévorée d'envie en observant la technique parfaite avec laquelle Viktor se servait de sa cuillère et de sa fourchette. Elle se maudissait d'avoir préparé ce plat plutôt qu'un autre. Elle n'utilisait pas sa cuillère, et la timidité rendait sa fourchette si peu efficace qu'elle était obligée de se pencher complètement sur son assiette. Tout en aspirant les macaronis un à un, elle regardait Viktor par en dessous, certaine qu'il allait lui faire un reproche, et elle avait l'impression d'être repoussante.

– Et à l'institut, ça marche ? demanda-t-il tout à coup, et elle faillit avaler de travers.

Ah, cette Nina, avec ses contes de fées idiots ! Lizka approcha le verre de ses lèvres et réfléchit à la réponse qu'elle allait faire. Si elle souhaitait que leur relation ait une suite, à quoi bon mentir ?

– Je suis pas étudiante. Ma copine a inventé tout ça pour faire bien. Je travaille comme concierge.

– Et alors ? Ça te plaît ?

Sur le visage de Viktor, aucune émotion particulière n'avait fait son apparition.

Lizka eut envie de lui crier qu'il cesse de se moquer d'elle. Est-ce qu'il ne voyait pas comment elle était habillée, est-ce qu'il ne se rendait pas compte que son absence de réaction la mettait mal à l'aise ? Mais au lieu de crier, elle dit :

– Oui. On respire beaucoup d'air pur, et on travaille quand on veut.

– Ne me mens pas une deuxième fois, d'accord ? fit Viktor.

Son intonation avait perdu sa froideur.

– D'accord.

Et à cet instant il quitta sa chaise d'un bond, se précipita sur Lizka et, sans lui laisser le temps de reprendre ses esprits, il l'embrassa passionnément sur les lèvres. La table se mit à trembler, la salière tomba par terre et se cassa. Lizka marmonna quelque chose d'indistinct, déjà il l'entraînait sur le divan. Les vêtements se mirent à voler dans tous les sens, le nez en plastique d'un ours en peluche se vrilla douloureusement dans une épaule de Lizka, des boutons roulèrent sur le parquet, elle songea avec regret que son meilleur corsage était maintenant abîmé. « Comme au cinéma ! » eut-elle encore le temps de formuler à l'intérieur de sa tête, puis les longs doigts noueux de Viktor atteignirent un endroit de son corps où toutes ses pensées s'arrêtaient.

Le deuxième secrétaire faisait l'amour en sachant s'y prendre, encore qu'il fût trop impétueux et un peu égoïste. Si Lizka avait voulu établir des comparaisons entre Viktor Mikhaïlovitch et Micha, ou plus exactement Semione, elle aurait donné la préférence à ce dernier. Ah, pourquoi les hommes qui valaient quelque chose au lit étaient-ils tous des salopards ?

Viktor lui proposa une cigarette et en alluma une pour lui.

– Tu sais, j'estime que je dois être franc avec toi, parce que j'attends de toi la même franchise. Ce que je ressens pour toi, je ne vais pas l'appeler de l'amour. Mais je suis fou de désir quand je regarde tes jambes et ton petit cul. Et en plus je voudrais avoir une femme à mes côtés, une femme qui m'aiderait.

– Ah, bon ? Tu as personne pour te laver tes chaussettes ? dit Lizka, essayant de répondre par une plaisanterie.

Elle referma ses jambes autour de Viktor, mais celui-ci était on ne peut plus sérieux.

– Je ne te parle pas d'une épouse. Mon linge sale, je le donne à la laverie, et mes repas, je ne les prends à la maison que les jours de congé. Et ça m'étonnerait que je supporte les soucis conjugaux à partager, les mouflets, sans oublier l'insupportable absolu – la belle-famille... Non, j'ai besoin d'une femme qui soit une base arrière sur laquelle je puisse compter. Tu dois te douter que j'ai un travail compliqué. Je suis sans arrêt exposé, on m'a à l'œil, je dois faire preuve de force, c'est des jeux de mecs dont je dois toujours sortir gagnant. Nos concurrents nous attendent au tournant, toutes ces associations informelles qui se sont multipliées comme des cafards grâce à la perestroïka, ils guettent le premier faux pas qu'on fera, à la moindre faiblesse ils s'élanceront. À cause de cette fameuse glasnost, il devient de plus en plus difficile de diriger une organisation. Aujourd'hui, j'ai besoin de plus de courage et de plus de force. Tu n'imagines pas comme c'est pénible d'être fort en permanence. En ce moment, pour moi, la tâche numéro un, c'est de renforcer mes défenses de l'intérieur. La tendresse féminine, la compassion, la compréhension, tout ce que ma mère me donnait autrefois, toi, tu peux me le donner. Ne t'affole pas, tu n'auras rien de spécial à faire. Tu n'auras qu'à être à mes côtés, c'est tout. C'est un peu comme si on concluait un marché. Tu comprends ce que je veux dire ?

– Oui, répondit Lizka.

En fait, elle n'avait pas bien écouté. Elle n'avait qu'une question insistante en tête, allait-il ou non lui refaire l'amour ? Une fois, deux fois ? Elle était encore toute chaude, elle voulait encore du sexe.

– C'est un marché honnête, poursuivit Viktor. Tu reçois quelque chose en échange. Tu n'auras pas à te préoccuper de choses matérielles. Tu ne seras plus obligée de travailler, encore que je te conseille de ne pas te laisser aller et de reprendre tes études. Je ne me comporterai pas avec toi comme si tu étais un objet, bien au contraire. Je m'occuperai de ton développement. C'est un domaine où j'obtiens de bons résultats : si on fait le compte, tu seras ma neuvième petite amie.

À ces mots, Lizka eut un coup au cœur. Un sentiment d'humiliation, jusqu'ici inconnu d'elle, l'avait transpercée. Mais elle se tranquillisa vite : après tout, il était plus âgé qu'elle, avec plus d'expérience.

– C'est quoi, « s'occuper de mon développement » ? demanda-t-elle.

– Pour commencer, on va t'habiller. Ensuite je te donnerai à lire des livres utiles et je te ferai rencontrer des gens intelligents. Je te préviens tout de suite, c'est vrai, que je n'ai pas l'intention de t'épauler dans ta vie professionnelle. D'autant plus que ça m'énerve quand une femme réussit mieux que moi. Autre chose. J'ai peur de m'habituer aux femmes, parce que la séparation est inévitable et que quand ça arrive, ça peut m'affaiblir provisoirement. Tu vois, je te parle sans détour. Raconter des salades à ce troupeau de jeunes camarades est parfois si épuisant que je n'ai plus du tout envie de continuer à mentir quand je suis chez moi. Tu es peut-être encore trop jeune et trop bête pour comprendre ça, mais ça tombe bien, ces deux qualités, je les apprécie chez les autres au cours de mes activités professionnelles.

Lizka sentit qu'elle avait été insultée, mais elle ne percevait pas exactement de quelle manière. Et alors qu'elle se demandait si elle devait ou non montrer un air offensé, Viktor fit comme s'il avait lu dans ses pensées.

– Ne sois pas vexée, dit-il. Être jeune et bête, c'est merveilleux. Avec l'âge, les gens ne deviennent pas plus intelligents, ils deviennent simplement plus débrouillards, plus cyniques, et ils savent changer de masque. Ah, oui, dernière condition : tu vas devoir t'inscrire au Komsomol. Tu imagines ce que diraient mes ennemis, s'ils apprenaient que je vis avec une Soviétique non consciente et non organisée ?

– Et je dois faire quoi pour ça ?

– Rien. Donne-moi deux photos, et le jour d'après je te remettrai ta carte du Komsomol. Si tu es d'accord avec tout ce que j'ai dit, tu peux emménager ici dès demain.

Viktor montra un trousseau de clés accroché au mur.

– C'est les tiennes.

Pendant la semaine qui suivit, Lizka fit des allées et venues dans toute la ville. Elle se sentait presque heureuse et ce qu'elle avait à accomplir n'était pas désagréable. Sans regret, elle alla au service du logement démissionner de son emploi de concierge et, comme les bureaux du Komsomol se trouvaient sur son chemin, elle y entra, puis elle eut le plaisir de signaler au directeur du foyer qu'elle déménageait. Ensuite vint l'heure des adieux à ses amies. Elle était assise sur ses deux valises déjà bouclées, ses valises de Lopoukhov, et elle avait dans la main une tasse d'alcool de pharmacie étendue d'un peu d'eau.

– Il y en a qui ont de la chance, prononça Vika sur un ton envieux.

– Elle faisait semblant d'être dans son coin, toute timide, et regardez-moi ça, ce mâle qu'elle a harponné, dit Olga en éclatant de rire.

– Oh, vous, les lesbiennes, du calme ! les interrompit Nina. Vous avez aucune idée de ce qu'on peut faire avec les mecs !

Elle continua, en se tournant vers Lizka :

– On sait pas encore comment ça va évoluer, ton histoire avec ce baron du Komsomol. Alors, oublie pas que tu as un endroit où revenir. On n'acceptera pas que quelqu'un d'autre vienne loger ici. Et de toute façon, si tu as besoin d'aide, hésite pas !

– Ah, Nina, dit Lizka en se jetant au cou de son amie, tu es si bonne, tu es formidable… merci… Je vous oublierai pas, je passerai vous voir.

– Il y a peu de chances ! fit Nina avec un sourire dubitatif. Des types comme ton Viktor Mikhaïlovitch, je les connais. Un tyran ordinaire, un dictateur. Un chiant. Il t'interdira de venir.

– Ça m'empêchera pas de vous rendre visite. Je m'arrangerai pour qu'il l'apprenne pas.

– Adieu, Lizka !

– Adieu, les filles !

Elles s'embrassèrent. Elles avaient toutes les yeux pleins de larmes.

Tandis que Lizka marchait vers la porte de l'immeuble et longeait le couloir aux odeurs d'urine, elle se remémora les mots de Nina : ainsi donc, Vika et Olga étaient lesbiennes. Cela expliquait beaucoup de choses. Elle avait toujours été étonnée de voir les deux filles ne jamais se quitter et ne jamais avoir rendez-vous avec des garçons. C'était une question qui ne laissait pas Lizka indifférente, déjà à l'école elle s'était interrogée, elle avait cherché à savoir pourquoi elle se sentait attirée par les corps nus de ses petites camarades, qu'elle examinait en douce dans les vestiaires. Mais maintenant elle n'avait pas envie de réfléchir là-dessus, tant de choses nouvelles l'attendaient…

Pendant les deux années que Lizka partagea avec Viktor Mikhaïlovitch, elle apprit énormément, et elle se mit à considérer pas mal de choses sous un autre angle. Au début, elle était sensible aux sarcasmes qu'on murmurait dans son dos et elle souffrait quand les amis et les anciennes maîtresses de Viktor s'adressaient à elle avec mépris, mais, peu à peu, elle s'était intégrée à son cercle familier et elle avait cessé d'être en permanence sur la défensive. Elle avait terminé des cours de dactylographie et, grâce aux relations de Viktor, elle avait été nommée au secrétariat du département de la Formation au comité de la ville. Elle tapait à la machine en faisant des fautes et très lentement, mais en tant que protégée de Viktor Mikhaïlovitch elle n'était pas du tout surchargée de travail, ce qui fait qu'elle avait du temps pour continuer à lire des romans d'amour. Simplement, un jour, Viktor l'avait surprise en pleine lecture, et il avait été si furieux, il lui avait fait une telle scène qu'à partir de là le livre qui trônait toujours sur son bureau avait été un dictionnaire d'orthographe.

– Regardez-moi la robe de celle-là ! ricanait perfidement Alla, une fille qui travaillait dans le même bureau et qui avait été la petite amie précédente de Viktor. Ma parole, mais tu l'as achetée au marché aux puces, non ?

– Dis donc, tu t'es vue dans la glace, grosse vache ? lui lançait Lizka en réponse, avec un sentiment de satisfaction intense.

Témoin occasionnel de ces échanges de tir, Viktor se contentait de rire. Il prenait grand soin de Lizka, il lui faisait faire des progrès, il la cajolait. Après s'être amusé tout son soûl de la réaction d'Alla, que jamais personne n'avait osé contrer et qui, surprise par l'insolence de Lizka, restait vexée dans son coin à cligner des cils, il dit gentiment à Lizka :

– C'est vrai, elle est trop voyante, cette robe, trop bigarrée. Ce soir, si on allait ensemble chez une couturière ?

Autrefois, Lizka se sentait révoltée, blessée en profondeur par l'hypocrisie des dirigeants du Komsomol, mais maintenant cette indignation s'était apaisée, et elle aimait profiter de sa situation sociale. Pour elle désormais s'ouvraient les portes des magasins réservés à l'élite, et même celles d'un magasin où on payait en devises ; quant aux produits qu'on ne trouvait nulle part ou pour lesquels il fallait faire des kilomètres de queue, elle pouvait s'en procurer autant qu'elle le voulait, en passant par l'entrée de service.

– Tu les vois, ces insectes ? lui disait Viktor. Tu les vois grouiller ?

C'était le matin, il était sur le balcon avec elle, il fumait, il montrait les gens qui plus bas se hâtaient vers leur travail.

– Ils ne sont pas maîtres de leur vie, continuait Viktor. Ils gagnent de l'argent pour mener leur vie, mais ils ne la créent pas, contrairement à mes amis et à moi. Ils ne sont même pas conscients que leur existence n'a aucun sens, et ils croient religieusement à tout ce qu'il y a dans notre délire propagandiste. Tu penses qu'ils ont besoin de salami italien et de bananes ? Pas du tout. Il suffit qu'ils aient l'espoir de jours meilleurs. C'est seulement cet espoir qui leur remplit le ventre. Et cet air sérieux, cet enthousiasme avec quoi ils acceptent les règles de ce jeu dangereux, absurde, qu'on leur impose d'en haut ! Parfois je me demande ce que j'ai le plus envie de faire : éclater de rire, ou leur dégueuler dessus, directement, ici, depuis le balcon !

Des monologues pareils, Viktor en tenait presque chaque jour devant Lizka, mais il lui arrivait aussi de l'entraîner dans des dîners au cours desquels se nouaient de bizarres conversations, qu'elle ne comprenait pas et qui l'effrayaient, ou qui tournaient autour de livres interdits en URSS. Lizka aurait voulu échapper à ces réunions, mais Viktor restait inébranlable.

– Tu vas encore aller voir tes kolkhoziennes dans ton ancien foyer ? demandait-il.

– Elles ne sont pas du tout kolkhoziennes ! protestait Lizka en prenant la défense de ses amies.

– Peu importe. Elles ont une mauvaise influence sur toi !

– Tes amis racontent des trucs qui ne m'intéressent pas, et je m'ennuie à la maison sans rien faire !

– Sans rien faire… c'est bien ça le problème ! Et tes études ? Tu as bien toujours l'intention d'entrer à la Fac ?

– Les examens d'entrée sont l'année prochaine.

– Eh bien, il faut s'y préparer à l'avance.

Lizka, évidemment, sentait que Viktor avait raison, mais ses pensées allaient bien ailleurs. En compagnie de Viktor, il fallait en permanence respecter une étiquette, il y avait trop de règles, trop d'hypocrisie, trop de discours doucereux, de sentiments artificiels. Elle aurait souhaité quelque chose de plus simple, elle aurait aimé avoir des relations avec des gens semblables à elle, des gens dont elle pourrait tout comprendre.

– On va dans une discothèque ? proposa-t-elle.

– Si tu as envie de te remuer les fesses, allons plutôt à la piscine ou au club de gym.

Lizka n'aurait pas dit qu'elle aimait Viktor ; elle ressentait à son égard de l'admiration et une grande reconnaissance. Elle était liée à lui plutôt comme à un père, ce père qu'elle n'avait jamais eu, ou comme à un maître. Et elle s'était mise à regarder de plus en plus souvent les hommes qui étaient plus jeunes et plus attirants que lui. Viktor s'en était aperçu. Alla, dévorée de jalousie, ne s'était pas non plus gênée pour rapporter que Lizka minaudait au bureau avec les visiteurs et acceptait d'eux des boîtes de chocolats. Comme il avait été traumatisé dans sa jeunesse par la trahison d'une femme dont il avait été amoureux, Viktor avait une fois pour toutes renoncé à croire qu'une femme puisse passer sa vie à être fidèle à un seul homme. À la tendresse dont il avait fait preuve jusque-là, à la sollicitude morale et à l'intelligence mutuelle avaient maintenant succédé des moments de plus en plus fréquents où il essayait de l'humilier sur le plan intellectuel, et où il se régalait de sa propre supériorité. Dès qu'elle ouvrait la bouche pour dire quelque chose, il manifestait une irritation féroce. Il lui répliquait toujours en tacticien et son objection était en apparence polie, mais tout était exprimé d'une telle façon que Lizka avait maintenant peur de donner son avis. Et lorsqu'il faisait cela en présence de tiers, elle avait surtout envie d'aller dans la pièce d'à côté pour y éclater en sanglots. Leur relation était en train de craquer.

CINQ

Le murmure des ruisseaux, les miaulements hurleurs des matous et l'avitaminose annoncèrent l'arrivée du printemps, et le jeune sang de Lizka se mit à bouillonner, son cœur fut saisi d'une agréable inquiétude ; et dans le paysage de sa vie apparut Arthur, un Tatar à cheveux roux et au visage couvert de taches de rousseur. Depuis longtemps, les Tatars plaisaient à Lizka. Elle considérait qu'ils formaient le peuple le plus gentil et le plus cordial de Russie, avec des gens pleins d'humour et toujours prêts à rendre service.

L'homme qui se présenta au bureau d'entrée du Comité de ville était grand et musclé, et dès le premier instant Lizka tomba amoureuse de ses taches de rousseur.

– Puis-je vous aider ? demanda-t-elle automatiquement, en prononçant la phrase rituelle, mais sans pouvoir s'empêcher de faire un beau sourire.

– Oui. Je voudrais donner ma démission du Komsomol, mais je sais pas à qui je dois rendre ma carte. D'autre part, je suis à la recherche d'une épouse. Vous seriez pas célibataire, par hasard ? Je m'appelle Arthur.

– Va pas trop vite, mon joli, dit Lizka en riant, et elle lui indiqua la porte où il devait frapper.

Arthur frappa et entra, et, quelques instants plus tard, on entendit dans la pièce des cris et des jurons, puis Arthur revint devant Lizka. Son visage rayonnait.

– Bon, voilà déjà la première chose qu'est faite ! dit-il en se frottant les mains.

Il regarda Lizka bien en face.

– Vous voulez pas déjeuner avec moi ?

– Vous êtes toujours aussi rapide ?

– Presque.

Et bien que Lizka eût encore deux pages à taper, elle ne voulut pas laisser échapper un type aussi sympathique.

– D'accord, on y va.

Elle n'en revenait pas d'avoir vu Arthur dire si facilement adieu à sa carte du Komsomol. Même si on ne le clamait pas sur tous les toits, les membres du Komsomol avaient quelques privilèges, par exemple au moment d'entrer dans un institut ou au moment d'obtenir une promotion.

– C'est la cotisation ? demanda-t-elle sur un ton ironique, en entrant dans son jeu. Ça te fusillait tes économies ?

Arthur fit un geste.

– Qu'ils aillent au diable avec leur Komsomol ! dit-il. Fais ci, fais ça. Mais qui ils sont pour me donner des ordres, ces types ? Et maintenant ils se lancent dans l'industrie et l'agriculture, comme s'ils y comprenaient quelque chose !

Ils sortirent du bâtiment du Comité de ville et traversèrent la rue pour entrer dans la cantine d'en face.

– T'as une raison pour leur en vouloir comme ça ?

Pendant qu'ils mangeaient, Arthur lui raconta qu'il était conducteur de trolleybus. La semaine précédente il avait dérapé sur une plaque de verglas et il avait cabossé le pare-chocs arrière d'une voiture. Après le procès-verbal de la police et les explications devant la direction des trolleys, on l'avait obligé à rembourser de sa poche le montant de la réparation, et la goutte qui avait fait déborder le vase, c'était qu'à la réunion du

Komsomol dans son collectif de travailleurs on lui avait décerné un blâme public.

– Un, je suis responsable de mes passagers et je fais attention à ma conduite. J'ai déjà un chef, qu'est-ce que j'ai besoin de ces mecs du Parti ? Et deux, sans ce blâme, le mois prochain on m'aurait affecté sur un trolley tout neuf.

Tandis qu'Arthur s'indignait, Lizka l'observait, et elle était fascinée par sa manière de manger. Comme la soupe aux pois était trop chaude et lui brûlait les lèvres, il crachotait et reniflait bruyamment la morve qui lui coulait sous le nez, et, avec des doigts noirs de cambouis, il arrachait violemment au pain des morceaux qu'il enfournait dans sa bouche souriante. C'était quelqu'un qui n'avait pas froid aux yeux, un homme simple, débonnaire : il plaisait énormément à Lizka, et, quand il lui proposa de l'emmener au cinéma, elle accepta.

Devant le cinéma ils rencontrèrent ses amis, d'autres conducteurs de trolleybus. Ils formaient une bande tapageuse d'hommes et de femmes, ils buvaient de la bière et n'arrêtaient pas de raconter des histoires drôles.

– Salut ! T'es l'amie d'Arthur ?

Une des filles venait de crier sa question directement dans l'oreille de Lizka, tout en lui fourrant dans la main une bouteille de bière.

– Mon nom est Vera. T'as une poche intérieure ?

– Hein ? fit Lizka sans comprendre.

– Cache la bouteille dans ta poche, je te dis. Ils laissent pas entrer dans la salle avec des bières.

Lizka se retourna vers Arthur, qui faisait la queue pour les billets. Elle haussa les épaules et glissa la bouteille sur le devant de sa robe. La bande n'accordait pas une attention particulière à Lizka, tout le monde étant occupé à parler en même temps et à rire. Lizka n'avait plus qu'à écouter les anecdotes et à sourire aux uns et aux autres. Ces gens lui plaisaient, eux aussi, et elle eut envie de mettre son grain de sel dans la conversation, mais soudain elle se rendit compte qu'après tout ce temps passé avec Viktor, elle avait perdu l'habitude de parler à des gens normaux. Elle ne savait pas quoi dire, et elle demanda à Vera.

– Vous vous amusez toujours comme ça ensemble ?

– Non, de temps en temps, les vendredis. Les jours de paie.

La sonnerie retentit et tous se dirigèrent vers l'entrée de la salle.

– Aujourd'hui c'est encore Mémé Zoïa qu'est au contrôle ! cria Arthur qui s'approchait en courant, et une nouvelle vague de rires tonitruants secoua toute la compagnie.

Une toute petite vieille contrôlait les billets à l'entrée, un emploi qui devait lui servir à compléter sa pension. Quand elle vit venir vers elle les as du trolleybus, elle étendit les bras en travers de la porte et se mit à répéter d'une voix pleurnicharde :

– Encore vous ! Ah, non ! Vous rentrez pas ! Je vous laisse pas entrer avec de la bière ! La dernière fois vous avez empêché tout le monde de voir le film, et aujourd'hui je vois bien que vous êtes tous déjà pompettes ! Vous rentrez pas avec de la bière !

Mais le groupe n'avait pas l'intention de céder, et déjà formait un cercle étouffant autour de l'ouvreuse.

– Tu peux nous fouiller, Mémé Zoïa ! On n'a pas de bière sur nous. Parole d'honneur ! On a déjà tout bu.

– Comment que ça va, Mémé Zoïa ?

– Et tes rhumatismes, ça va mieux ?

Une fois qu'ils eurent doucement écarté la petite vieille, ils se ruèrent dans la salle pour occuper les sièges du dernier rang. Lizka et Arthur s'étaient assis ensemble sur des fauteuils de l'avant-dernière rangée et, dès le début du film, ils comprirent qu'ils avaient eu tort. Rien ne leur échappait des chuchotements qui fusaient derrière eux en même temps que des petits rires et des commentaires obscènes.

– Il vient d'où, ce film ?

– D'Italie.

– J'ai l'impression que je l'ai déjà vu en vidéo. Tu vas voir, les gros nénés.

– Ça m'étonnerait !

– Tu vas voir, je te dis !

– S'il y a des nénés, ils ont été coupés par la censure.

– On parie ?

– On parie quoi ?

– Une caisse de bière.

Ensuite débuta le jeu des « étoiles filantes ». Les as du trolleybus déchiraient leur billet en petits morceaux et, après avoir façonné une boulette, ils la jetaient dans le rayon du projecteur. À chaque fois, Mémé Zoïa, qui gardait l'entrée, sursautait sur sa chaise et se levait, mais, comme elle n'osait s'aventurer dans la salle obscure, elle se contentait de faire avec le poing un geste de menace et de nouveau elle s'asseyait, saluée depuis le dernier rang par une salve de gros rires et par le tintement des bouteilles.

Et pendant que les « étoiles filantes » se croisaient au-dessus de leurs têtes, à la quarante-deuxième minute du film Arthur posa sa main sur la main de Lizka et lui proposa le mariage. Il lui dit qu'il travaillait sur la ligne onze, celle que Lizka empruntait chaque matin pour aller au bureau. Il était tombé amoureux d'elle deux semaines plus tôt, et il avait même plusieurs fois changé de poste avec son coéquipier, afin de pouvoir se donner le plaisir de la contempler dans son rétroviseur. Il lui avoua qu'il n'avait pas eu trop de mal à trouver où elle travaillait, et que sa démission du Komsomol avait été un acte fort, un geste de bravoure destiné à la séduire ; et qu'il était très timide, ce pour quoi il avait choisi l'obscurité du cinéma pour lui faire sa déclaration. Lizka était aussi bien contente qu'il ne puisse pas voir son émotion ; elle avait baissé les yeux et, sous l'effet de ces mots doux à son cœur, des mots qu'elle entendait pour la première fois de sa vie, son visage s'était empourpré. Une chaleur délicieuse l'envahissait à l'idée qu'elle était aimée, et aussi des sentiments incompréhensibles naissaient en elle, elle avait envie de dire merci à Arthur. Et lui, il était en train d'ajouter qu'il ne voulait pas l'obliger à répondre tout de suite, qu'il attendrait sa réponse le temps qu'il faudrait.

Après la séance, toute la bande les invita dans le bar à bière le plus proche, mais, soudain inquiète à cause de Viktor, Lizka déclina l'invitation et dit qu'elle devait rentrer à la maison. Quant à Arthur, il ne souhaitait pas se séparer d'elle si vite, et il la raccompagna en marchant à travers le parc.

Ils avancèrent lentement sur l'allée où le dégel avait déjà largement débuté. Des deux côtés du chemin, on voyait des îlots de neige noircie ; un petit souffle tiède de printemps portait loin les pépiements des oiseaux et les bruits de gouttes dans les flaques ; de quoi remplir les cœurs d'allégresse et mettre d'humeur folâtre. Lizka se mit à courir, se cacha derrière un arbre et façonna une boule de neige qu'elle lança aussitôt sur Arthur. Celui-ci éclata de rire et lui jeta en réponse une poignée de neige. Comme Lizka voulait qu'il l'embrasse, elle imagina une audacieuse tactique : elle allait s'enfuir, elle ferait semblant de perdre l'équilibre, il la retiendrait dans ses bras, leurs visages se rapprocheraient, et là, il l'embrasserait. Le plan avait l'air bon. Elle se remit à courir. Derrière elle, elle entendait des pas rapides, une respiration lourde, et elle était déjà en train de feindre une glissade fatale quand soudain un monstre hirsute se précipita sur elle et la plaqua contre le sol. Des pattes sales s'appuyaient sur elle, l'obligeant à se coucher dans une flaque d'eau froide. Un gigantesque berger allemand lui était monté dessus. Arthur et le propriétaire du chien accouraient.

– Max ! Ça suffit !

Pendant que le maître se répandait littéralement en excuses, et qu'Arthur aidait Lizka à nettoyer avec des mouchoirs la boue qui avait taché son blouson, le responsable de l'incident tournait autour d'eux, cherchant à leur lécher la figure ou bondissant en tous sens, aboyant, se couchant avec la tête entre les pattes avant, agitant la queue.

– Il est très jeune, il n'a pas été encore dressé, tout l'intéresse. Soyez indulgente, ne lui en veuillez pas !

Mais Lizka n'avait vraiment aucune intention de voir les choses en noir et elle ne faisait que rire. Et son plan, de toute façon, finit par fonctionner. Dès que l'homme et son chien se furent éloignés, Arthur prit dans ses grosses pattes de chauffeur ses petites mains glacées et il l'embrassa sur les lèvres.

En se quittant, ils se mirent d'accord : tous les matins, désormais, quand elle sortirait de chez elle, Lizka attendrait l'autobus qu'il conduisait, et qui passait à l'arrêt à exactement sept heures trente-cinq.

Quand Lizka rentra à la maison, Viktor bien entendu remarqua un changement dans son comportement. Elle avait une mine heureuse, un regard énigmatique, elle souriait toute seule et elle était si distraite qu'elle laissait échapper à peu près tout ce qu'elle portait.

– Pourquoi es-tu partie du bureau sans avoir terminé le travail que tu avais à faire ? demanda Viktor.

Il était en rage, mais il se contenait.

– Tous les malheurs de notre pays viennent de l'irresponsabilité de gens comme toi, continua-t-il.

– À mon avis, grimaça Lizka, ils viennent plutôt de l'hypocrisie de gens comme toi et ceux de ta bande. Alla m'a dénoncée ?

– Oui, Alla. Au contraire de toi, elle est organisée et, en plus, elle est dévouée. Où es-tu allée ?

– Au cinéma, avec mes amies. Pourquoi, c'est interdit ?

– Non, s'échauffa Viktor, mais pendant le temps de travail, oui ! Il faut que tu comprennes que tu dois maintenant penser à ton entrée dans l'enseignement supérieur, au lieu de gaspiller ta jeunesse en traînant à ne rien faire avec tes nullités d'amies.

– Allez, d'accord, calme-toi ! fit Lizka.

Elle venait de penser que, pour son prochain mensonge, elle prétendrait être allée à la bibliothèque.

Difficile de dire comment Arthur et Lizka auraient pu s'organiser si Viktor avait contrôlé le temps libre de Lizka. Mais, la semaine suivante, Viktor fut envoyé en mission dans une autre ville, et, pour Lizka, ce fut une joie extraordinaire.

Maintenant, chaque matin, elle entrait dans le trolleybus par les portes de devant, et ils se mettaient d'accord sur le lieu où ils se rencontreraient et sur ce qu'ils feraient le soir. Arthur peignait pour elle leur future vie commune avec toutes les couleurs de l'arc-en-ciel, et Lizka, qui apprenait à le connaître de plus en plus intimement, était de plus en plus tentée d'accepter sa proposition. Ils pourraient vivre dans la pièce dont il était propriétaire dans un logement communautaire. C'était une pièce assez grande pour deux. En été, ils pourraient s'installer dans l'appartement de ses parents, qui habitaient à la campagne dès que le temps permettait de reprendre le jardinage. L'unique détail qui contrariait Arthur était le travail actuel de Lizka.

– Tu vas voir ton ex tous les jours, et moi, je serai mort de jalousie. Tu pourrais entrer à la direction des trolleys, essayait-il de la convaincre. Ils ont besoin de dispatchers.

– Mais peut-être aussi que je pourrais conduire un

trolley ? disait Lizka. Ma mère m'a toujours dit que mon grand-père était chauffeur.

– Excellente idée ! s'enthousiasmait Arthur. Encore que la conduite se transmet pas par héritage. Si t'étais conductrice, on serait toujours ensemble, à la maison, au travail. Et puis j'ai des amis formidables. On ira tous au cinéma, on s'amusera ensemble, en boîte, dans les bars à bière, on ira pique-niquer loin de la ville. Ça va être fantastique ! Mais le principal, c'est que je t'aime. Alors, on se marie ?

– Oui.

Quand Viktor revint de mission, Lizka l'attendait. Ses bagages étaient prêts. Aux deux valises de Lopoukhov s'étaient à présent ajoutés deux valises neuves et un luxueux sac de voyage. Arthur, qui avait emprunté une voiture à un ami, patientait en bas.

– Salut.

– Salut.

Quand il eut compris ce qui se passait, Viktor perdit un peu de son assurance et s'assombrit, mais il continua à tendre à Lizka les fleurs qu'il lui avait apportées et un paquet.

– C'est pour toi. Des chaussures de sport.

– Pas la peine. Je m'en vais.

– Prends-les quand même. C'est ta taille.

– Garde-les pour ta prochaine petite amie.

– Pas de danger que j'en aie une avant longtemps. Tiens.

– Merci, dit Lizka.

Elle fourra le cadeau dans son sac. Elle tentait de sourire, mais ce qui apparaissait sur ses lèvres était un sourire aigre, artificiel.

Elle voulait lui dire que, d'un côté, elle ressentait à son égard de la reconnaissance et de l'attachement, mais qu'elle ne l'aimait absolument pas et qu'elle ne désirait pas le faire souffrir. Et d'un autre côté elle voulait lui expliquer que son travail et son existence à lui étaient totalement imprégnés de mensonge et de mépris pour les gens du peuple, et qu'elle, elle était quelqu'un d'ordinaire, de simple, qui avait envie de vivre avec des gens ordinaires, car elle se sentait mieux avec eux. Elle était sur le point de faire son impitoyable discours, soutenue par ce sentiment d'assurance qu'il lui avait appris à avoir, mais elle rencontra son regard et fut incapable de parler.

– Tu veux une tasse de thé ? proposa Viktor.

– Non, excuse-moi. On m'attend.

– Qui est-ce ? demanda Viktor.

– Un type bien.

– Les jeunes sont naïfs, ils prennent des tas de décisions irréfléchies.

– Il m'a proposé le mariage.

Viktor ne put cacher sa stupéfaction.

– Ça, alors ! Vous n'allez pas un peu trop vite ?

– Je l'aime, dit Lizka.

Et, à cette seconde, une pensée dangereuse lui traversa l'esprit : au fait, est-ce qu'elle aimait vraiment Arthur ?

– Il ne faut pas confondre aimer et tomber amoureux, commença Viktor, et ton infantilisme...

Lizka lui coupa la parole :

– Ne gaspille pas ta salive. Je ne resterai pas.

– Bon, c'est ta vie, dit Viktor. Sois heureuse.

Il lui posa un baiser d'adieu sur le front et l'aida à transporter ses affaires jusqu'à l'ascenseur.

Nina se chargea d'organiser la noce. Elle se lança dans l'entreprise avec une joie et un enthousiasme d'autant plus grands qu'elle-même n'avait toujours pas épousé son architecte, dont la grand-mère refusait obstinément de mourir et par conséquent de leur laisser son appartement. Les dépenses étaient couvertes par les parents d'Arthur. Lizka, qui au début ne souhaitait pas du tout informer sa mère de son mariage, finit au dernier moment par envoyer un faire-part à Lopoukhov. Quant à la tante ésotérique en kimono, elle avait décidé de ne pas l'inviter. Là s'arrêtait la liste des membres de sa famille.

D'un côté il y eut des larmes virginales de bonheur, la magie d'une robe à la blancheur éblouissante, l'émotion de l'attente, les pépiements attendris des amies, les embrassades, et, de l'autre, ce furent les dernières soirées de beuverie avec les copains, les tapes amicales sur l'épaule, les regrets à l'idée que le cercle des joyeux fêtards célibataires allait se rétrécir, et le pianotement pensif des doigts sur les touches de la calculatrice de poche. Puis, après deux semaines d'une activité tourbillonnaire, le jour arriva, l'heure sonna ; et tout se calma, tout se tut.

L'armée de la fiancée, avec Nina dans le rôle de chef d'état-major, s'était emparée d'une excellente position dans le foyer des travailleurs. Lizka, en robe blanche et avec une seule chaussure au pied, était debout sur un tabouret et enfermée à double tour dans une pièce éloignée que le directeur du foyer avait eu l'amabilité de mettre à sa disposition, eu égard aux circonstances festives exceptionnelles. Une première ligne de défense avait été installée devant l'entrée du foyer, constituée de dames respectables, qui peut-être n'étaient pas de prime jeunesse, mais qui en revanche connaissaient parfaitement toutes les subtilités du rituel de « rachat de la fiancée ». Les étudiantes de l'école d'infirmières les plus connues pour leur esprit de répartie et leur langue acérée s'étaient rassemblées dans la cage d'escalier, où elles formaient une deuxième frontière défensive. La dernière ligne fortifiée, et la plus importante, était contrôlée par Nina en personne. Les fortifications en question avaient été édifiées devant la chambre où se tenait la fiancée, et elles consistaient en une muraille infranchissable faite des quarante filles du foyer les plus charmantes. L'entrée de la chambre avait été minée au moyen de trois bocaux de trois litres qui contenaient respectivement de la bière brune, du kvas et de la braga*. Les assaillants devraient les vider pour se procurer la clé de la chambre, cachée dans l'un des trois récipients. Tolia, le plombier, qui était aussi un des amants de Nina, avait suggéré d'abattre deux ou trois arbres en travers de la rue afin d'empêcher l'adversaire d'accéder au bâtiment en voiture, mais le commandant des opérations avait refusé, estimant qu'il s'agissait d'une mesure excessive.

La suite du fiancé se présenta sur les lieux du combat dans cinq voitures légères accompagnées d'un minibus. Arthur avait désigné aux fonctions d'aide de camp principal son ami Sergueï, qui avait déjà participé comme premier témoin à d'innombrables «rachats de la fiancée» et qui était particulièrement débrouillard. Le groupe d'assaut était composé d'amis et de collègues, c'est-à-dire, en somme, d'à peu près tous les hommes du dépôt de trolleybus numéro quatre.

Respectant en tous points la coutume populaire, braillant des chansons sous l'accompagnement d'un accordéon, faisant pleuvoir bons mots et plaisanteries, ils réussirent sans trop de mal à percer les premières défenses. Mais dans la cage d'escalier la résistance était beaucoup plus acharnée. Sur chacune des quarante-huit marches, le fiancé devait inventer pour sa promise une formule de tendresse, puis il dut reconnaître, parmi dix traces de rouge à lèvres, celle qu'avait imprimée sa bien-aimée. Et comme les épreuves de ce genre se multipliaient, Arthur, craignant d'arriver en retard au Bureau de l'état civil, se mit à regarder nerveusement sa montre, puis il appela ses copains à la rescousse. Ceux-

* Braga: sorte de bière peu alcoolisée.

ci, avec gentillesse mais non sans difficulté, entreprirent de creuser un chemin à travers les étudiantes et, au milieu des rires et des exclamations, ils finirent par se hisser sur le palier où les attendait la dernière place forte à prendre : Nina et ses amies. Mais là, l'assaut échoua immédiatement. Sergueï, le premier témoin, savait par expérience qu'on allait demander au fiancé d'aligner sur le sol plusieurs mètres de billets, et avant de venir il avait obligé Arthur à se munir de petites coupures, qu'Arthur à présent transportait dans un sac bien bourré. Mais il n'avait pas prévu que Nina userait d'une si grande perfidie. À chaque fois que le fiancé, en se tortillant à quatre pattes, s'approchait des filles qui formaient devant lui un mur compact, celles-ci reculaient d'un pas. Il n'y avait pas assez de billets. Les pourparlers ne donnèrent rien et il fallut, au risque d'être vraiment en retard au Palais des mariages, courir d'urgence dans le magasin le plus proche afin de changer une somme d'argent supplémentaire. Nina reluquait avec des regards de triomphe le dénommé Sergueï qui commençait à perdre ses moyens, mais son exultation était un peu prématurée. Quand on en fut à l'épreuve des bocaux qui contenaient la clé donnant accès à la chambre de la fiancée, Sergueï colla son oreille à l'un des trois, le secoua légèrement et fit semblant de le lâcher par mégarde, tout en s'arrangeant pour qu'il tombe sur les deux autres et les fracasse. Une fraction de seconde plus tard, il s'était déjà baissé pour ramasser la clé fatidique au milieu des éclats de verre. Il la brandit au bout de son auriculaire et les deux chefs d'état-major échangèrent de nouveau des regards. Pour tous ceux qui avaient assisté à la scène, la manière dont ces deux-là allaient passer la prochaine nuit ne faisait aucun doute.

Il fallut du temps pour trouver la chaussure qui manquait à la fiancée, car elle avait été cachée dans le plafonnier, mais finalement on la trouva, et on arriva à l'heure au Bureau de l'état civil.

Une grosse dame en robe bleu sombre dirigeait la cérémonie. La robe allait jusqu'à terre, la grosse dame portait sur la poitrine un lourd écusson avec les armes de l'URSS, elle parlait avec passion en dévidant des formules ampoulées et en roulant les yeux dans tous les sens, et au fond elle ressemblait à une sorcière effrayante en train de réciter des malédictions. Lizka ne saisissait pas un seul mot, l'émotion la faisait trembler de la tête aux pieds, et, quand elle apposa sa signature, le stylo dérapa. À ce moment-là elle regardait sa mère, qui était arrivée la veille du mariage et qui se tenait tout près, debout, souriant, les yeux humides, avec à côté d'elle un homme inconnu qui lui serrait le bras. D'après le costume que portait l'homme, Lizka comprit que lui aussi venait de Lopoukhov. Elle n'avait pas envie de faire comme s'il s'agissait de son père, mais, quand il l'embrassa, elle garda le silence afin de ne pas troubler la solennité de l'événement. Sa mère. Sa mère chérie, qui avait vieilli, qui était toujours affublée d'un homme et qui se mettait sur la bouche un rouge à lèvres horrible. Pourquoi n'avaient-elles jamais parlé de rien, toutes les deux, pourquoi n'avaient-elles jamais rien échangé d'important ?

Timides, mais très fiers, les parents d'Arthur recevaient les félicitations qu'on leur adressait. Ils étaient noyés au milieu des fleurs. À la mémoire de Lizka revenait la première fois qu'elle les avait rencontrés.

– Papa, maman, je vous présente ma fiancée, Lizka.

– Bonjour.

Le père d'Arthur, un colonel à la retraite, avait posé sur Lizka un regard qui la scrutait, l'étudiait, et les paumes des mains de Lizka en étaient devenues moites, mais son sourire était le même que celui d'Arthur.

– Je ne mords pas. Celle que choisit notre fils, nous la choisissons aussi. Entre, fais comme chez toi.

La maman d'Arthur avait tendu la tête à l'entrée de la cuisine.

– Tu as dû entendre parler des Tatars ? avait-elle dit. La loi des musulmans, tout ça... Ne t'inquiète pas. Nous sommes russifiés depuis longtemps. Encore que les femmes n'aient toujours pas le droit d'entrer dans les cimetières tatars. Tu viens m'aider pour les salades ?

Un homme et une femme affables, gentils ; bien sûr que le fils qu'ils avaient élevé ne pouvait pas avoir mauvaise nature. Ils étaient si heureux à ce mariage... impossible de les décevoir.

La cérémonie prit fin. Les pieds de Lizka quittèrent le sol, ses jambes basculèrent vers le haut, elle poussa une exclamation, et elle n'eut plus qu'à se cramponner au cou solide d'Arthur. C'était la première fois que quelqu'un la portait ainsi dans ses bras, et pour la première fois de sa vie elle avait une bague au doigt, et, là-dessus, tous ces gens qui l'entouraient ! Des gens qui ne lui étaient pas du tout indifférents, et qui faisaient tant pour elle... Viktor Mikhaïlovitch n'avait jamais été capable de ça. Un égoïste plein de morgue, un type qui ne savait parler que de lui-même et de ses petits bobos personnels. Comme elle aurait voulu qu'il la voie en ce moment !

Le banquet, qui se tint à la cantine de la direction des trolleybus, fut une parfaite réussite, et personne ne se plaignit d'avoir manqué de vodka. Un des invités s'endormit la tête dans son assiette, un autre rentra chez lui avec la femme d'un troisième, et il y eut une querelle entre ivrognes au cours de laquelle Sergueï, le premier témoin, perdit une manche de veste, mais les jeunes mariés n'assistèrent pas à ces incidents. Ils étaient partis de bonne heure. Ils passèrent leur première nuit de noces à déballer les cadeaux qu'on leur avait faits et à décacheter les enveloppes pour compter l'argent qu'elles contenaient.

Les débuts de sa vie de couple enchantèrent Lizka. Avec un soin méticuleux et une fantaisie qui lui venait d'on ne sait où, elle se lança dans un réaménagement complet de la pièce où vivait Arthur. Elle mettait de l'ordre, elle changeait les meubles de place, elle remplaçait les stores. En fait, elle avait envie d'importer dans leur chambre une bonne part de ce qu'elle avait vu chez Viktor Mikhaïlovitch. À un voisin menuisier elle confia une vieille planche à repasser en lui demandant de la transformer en étagère, et, quand celle-ci fut livrée, elle se sentit formidablement heureuse.

– Les tapis sont usés, ils sont devenus des nids à poussière. On devrait s'en débarrasser et refaire le sol, proposa-t-elle à Arthur. J'aimerais bien qu'on ait ici un plancher verni.

– Extra ! Je connais quelqu'un qui s'occupe d'aménagement intérieur, je vais en parler avec lui. Et de toute façon, ma femme, arrange les choses comme ça te plaît !

Ma femme. L'expression soudain lui faisait chaud au cœur, la remplissait de joie. Maintenant elle n'était plus simplement une jeune femme, mais une épouse qu'on appelait « ma femme ». Maintenant elle avait son logement à elle et sur son passeport l'autorisation officielle, longtemps attendue, de résider à G.

– Je voulais seulement être sûre que tu n'étais pas contre, mon homme !

Il lui sourit pour répondre à cette appellation, il l'étreignit, il l'embrassa :

– C'est vrai, oui, je suis ton homme !

Par la suite, ils s'adressèrent souvent ainsi l'un à l'autre, en plaisantant à moitié et en riant, mais aussi fiers et heureux de cette relation.

– Tant mieux si ça te plaît de te donner du mal pour améliorer cette chambre. Je te laisse faire, j'ai aucun goût. Mais réserve ton imagination pour notre futur appartement. On va travailler tous les deux, c'est sûr qu'on va en obtenir un. Sans oublier que Gorbatchev a promis qu'en l'an 2000 il y aura plus d'appartements collectifs : chaque citoyen soviétique aura son logement à lui.

Un vrai appartement pour eux tout seuls ! Voilà ce qu'elle désirait. Mais, d'ici à l'an 2000, il fallait attendre encore onze longues années... Encore que, pour deux cœurs réunis par l'amour, onze ans ne représentent pas grand-chose !

Après avoir été licenciée du Comité de ville, Lizka s'était remise à lire les journaux comme autrefois, en réfléchissant à l'emploi qui lui conviendrait le mieux. Elle cherchait un travail. Elle se débrouillait magnifiquement pour mener sa maison, et tous les soirs un excellent repas attendait Arthur, mais elle sentait que leurs moyens étaient limités et elle ne voulait pas vivre à ses crochets. En outre, maintenant qu'elle avait accédé à l'indépendance, elle s'était transformée en profondeur et aurait voulu trouver à utiliser son énergie. Elle avait envie d'agir, de créer quelque chose, de rendre son mari heureux, et elle avec.

– À ton avis, Arthur, les gens vivent pour quoi ?

– Comment tu veux que je sache ? Les gens vivent, nous on fait comme eux. C'est la nature.

– J'ai toujours l'impression qu'il me manque quelque chose. C'est normal ?

– C'est pour tout le monde pareil, on en veut toujours plus. Pourquoi que ça s'est mis à te travailler tout d'un coup ?

– Je sais pas. Au début, j'avais rien, et maintenant, au fond, j'ai tout, mais j'ai envie de plus. Je voudrais que les gens soient plus gentils, plus romantiques...

– On voudrait tous ça. Allez, faut qu'on dorme.

Arthur tournait le dos à Lizka et il s'endormait aussitôt, et elle, sans le vouloir vraiment, elle se remémorait

Viktor Mikhaïlovitch. Une chose était sûre : c'était quelqu'un de plus intéressant. Sur des sujets de ce genre, il aurait pu s'étendre pendant des heures, en particulier quand il était assis dans son fauteuil préféré, avec à côté de lui une bouteille de bon vin. Des dîners aux chandelles, de merveilleuses promenades... il y avait en lui une dimension poétique. Un jour où ils prenaient l'air dans la rue, ils avaient vu un piéton perdre l'équilibre sur une plaque de glace. Lizka n'avait pas pu se retenir de rire, et Viktor s'était exclamé :

– Ce que ça doit faire mal quand on tombe de toute sa hauteur sur l'asphalte gelé ! Une douleur physique, mais pas seulement... la douleur causée par la joie méchante des autres. Il suffit que quelqu'un trébuche devant nous, comme ça, pour qu'aussitôt nous éprouvions un sentiment d'apaisement, le plaisir d'avoir assisté à l'infortune de notre prochain. Comme cela nous plaît de nous griser de violence... Comme nous sommes incapables d'admirer les gens quand ils accomplissent quelque chose de meilleur et de plus solide que nous...

Lizka le comprenait, à sa manière. Et elle appréciait aussi que le vice-secrétaire du Comité de ville bavarde avec elle, lui confie ses pensées et ses sentiments, et qu'il soit un homme puissant, mais qui une fois au lit se soumettait à elle. Tandis que celui-là : Allez, faut qu'on dorme.

Est-ce qu'elle n'avait pas agi de façon irréfléchie ? Est-ce qu'elle n'avait pas commis une terrible erreur en remettant Viktor entre des mains féminines étrangères, et en remplaçant Viktor par un joli garçon amoureux d'elle ? D'un autre côté, Viktor ne lui aurait jamais proposé le mariage. Elle l'avait remplacé non par un garçon, mais par un mari.

Allez, faut qu'on dorme. Oui, pourquoi pas ? C'est une activité tout à fait nécessaire.

Le lendemain, de retour de son travail, Arthur avait la mine sérieuse.

– J'ai repensé à ce que tu me disais, à propos de l'envie d'avoir plus. Et si on faisait des enfants ?

La question prit Lizka au dépourvu. Elle savait qu'il y avait quelque chose qui ne fonctionnait pas dans son organisme, mais elle n'aurait pas su expliquer quoi.

– Il faut que je réfléchisse, lâcha-t-elle rapidement tout en sentant ses oreilles rougir.

Et, au même moment, elle prit la décision ferme d'aller consulter un médecin.

– Qu'est-ce qu'il y a à réfléchir ? Les enfants, c'est les fleurs de notre vie. Tu vas nous faire un beau bouquet ! Au dépôt, les copains se plaignent que leurs bébés leur font passer des nuits blanches, mais ça les empêche pas d'être tout contents d'être papa !

– Tu sais, je veux pas me presser. Et puis dans cette pièce on serait plutôt serrés à trois.

Lizka était très émue et elle ne pouvait pas le dissimuler, parce qu'elle ne savait presque pas mentir.

– Mon chéri, dit-elle, je te répondrai un peu plus tard. Pas tout de suite.

Nerveuse, effrayée, torturée par l'idée qu'Arthur l'abandonnerait si elle était stérile, elle regardait le gynécologue couvrir d'indications une feuille de papier, avec une écriture de médecin que lui seul pouvait déchiffrer. Il souleva les yeux et demanda mollement :

– Vous avez des amis ou des parents à l'étranger ?

– Pardon ?

– Ne vous inquiétez pas, je vous en prie. Vous pouvez tomber enceinte, simplement il faudrait que vous suiviez d'abord une cure qui dure deux semaines. Le seul problème, c'est que dans les pharmacies soviétiques vous ne trouverez pas les produits à base d'hormones pour le traitement. Si vous réussissez à vous les procurer, revenez me voir avec votre mari. Voilà votre ordonnance.

Une fois qu'elle eut fait le tour d'une bonne dizaine de pharmacies, Lizka comprit que le docteur n'avait pas menti. En guise de réponse, on s'était contenté de lui sourire d'un air plein de compassion, quand on ne lui demandait pas avec aigreur : « Non mais, vous vous croyez où ? Vous débarquez de la planète Mars ? » Elle fut tentée de s'adresser à Viktor, qui était capable de se procurer tout ce qu'on voulait, et qui très certainement aurait fait cela pour elle, mais un sentiment d'orgueil la retint. Elle ne raconta son malheur ni à Arthur, ni même à Nina, préférant affronter la souffrance dans la solitude. Elle sentait que l'idée d'avoir un enfant l'obsédait de plus en plus et la démolissait de l'intérieur, et elle ne pouvait plus rester à la maison à s'occuper de son ménage et de rien d'autre. Arthur lui avait proposé de l'aider à entrer aux trolleybus comme dispatcher, et c'est avec cette perspective en tête qu'elle se rendit dans les bureaux de la direction. Mais, en fin de compte, elle fit quelque chose de totalement différent.

SIX

Une fois de plus, le pays sombra dans la folie. On respecta une coutume qui plongeait ses racines au fond des âges, c'est-à-dire qu'on se mit à casser l'ancien sans avoir la moindre idée de ce à quoi allait ressembler le nouveau. Les gens se jetaient sous les tanks ou grimpaient dessus, construisaient des barricades et tapissaient les avenues de proclamations et de tracts, se frappaient la poitrine avec le poing, braillaient, sanglotaient, riaient, se lançaient mutuellement à la figure des bouteilles, des micros et leurs convictions intimes. Moscou était en ébullition, la province faisait des provisions de sel et d'allumettes. On changea le blason, le drapeau, et on remplaça le vieux parti unique par une centaine de nouveaux. Comme d'habitude, on se rappela soudain qu'on avait oublié la question de la nourriture, et une fois encore on alla fouiller dans les poches de la population ; et celle-ci, jurant entre ses dents et soupirant, mais sans se plaindre, mue par une foi naïve en son nouveau tsar, donna une fois encore tout ce qu'elle avait. Puis on commença le partage – en grand, à la russe, avec des gesticulations violentes, sans dessoûler une seconde, sans reculer devant le sang. Et nul n'aurait pu dire quand on s'arrêterait, quand on regarderait le chemin parcouru, quand on se calmerait.

Le pays avait sombré dans la folie, et sur les larges

avenues de G. roulait paisiblement un trolleybus vert clair portant le numéro dix-sept. Il ne pleuvait plus, le soleil était réapparu, un soleil d'octobre, pas très vif, et ses rayons fatigués se reflétaient mollement sur les vitres, après avoir un peu joué sur les flaques et le feuillage raréfié des arbres d'automne. Il était neuf heures du matin, l'heure de pointe se terminait, et l'intérieur du véhicule était à moitié vide. Le moteur tournait sans à-coup, d'une façon si monotone que Lizka, qui avait mal dormi, sentait ses paupières se fermer. Sur la rue Proizvodstvennaïa il n'y avait presque aucun arrêt, et, si l'on excepte une courte portion en face de l'usine de mécanique, l'asphalte n'était pas creusé d'ornières. On s'en rendait compte immédiatement, car le trolley, qui était une antiquité même s'il avait subi une révision complète, avait soudain cessé de cliqueter. Lizka était en train de s'endormir pour de bon, mais quand elle fut devant la rue Fabritchnyï ses mains machinalement tournèrent le volant sur la gauche. Elle reprit ses esprits, se pinça le ventre avec les ongles, donna un brusque coup de frein. L'avant du trolley avait largement franchi la ligne blanche. Elle regarda vers le bas. Derrière le pare-brise d'une Lada qui la dépassait, elle vit le conducteur gesticuler et, la bouche déformée par la colère, lui adresser des injures silencieuses.

– Ça va, ça va ! Passe donc, eh, affreux !

Lizka laissa encore un camion la doubler, puis elle prit son virage. Ensuite elle jeta un coup d'œil dans le rétroviseur pour savoir si cette petite faute de conduite n'avait pas eu des conséquences dans le trolley même, et comme elle voyait ses passagers continuer à bavarder paisiblement ou, n'ayant rien d'autre à faire, regarder par les fenêtres avec des yeux d'hallucinés, elle se sentit rassurée.

Évidemment, c'était Arthur le responsable de cette

nuit d'insomnie. Ces derniers temps, ses ardeurs envers elle en tant que femme s'étaient refroidies, et il lui faisait l'amour de moins en moins souvent et d'une manière de plus en plus ennuyeuse. Sur le conseil d'une amie, elle s'était mise à flirter avec des hommes en sa présence, afin de réveiller l'intérêt qu'il lui portait, mais cela n'avait abouti qu'à une scène de jalousie. Ils avaient passé la nuit à se disputer. Où avait disparu le garçon amoureux qu'elle avait connu ? En outre, il fallait reconnaître maintenant que ce n'était pas une bonne idée, pour un couple, de travailler ensemble dans le même dépôt, le dépôt numéro quatre, et au même poste, comme conducteurs. Il avait pourtant été d'accord quand la question s'était posée, et même il l'avait aidée pendant sa formation.

Lioubacha, la receveuse, tendit la tête dans la porte entrouverte qui séparait la cabine du conducteur du reste de l'habitacle.

– Ça va ? demanda-t-elle.

– J'étais distraite, je pensais à autre chose.

– À Arthur ?

Lizka approuva d'un geste de la tête.

– Arrête de broyer du noir. Regarde ça !

Lioubacha avait sorti de sa poche un rouleau de billets.

– Quand est-ce qu'on commence ?

– Au prochain tour, dit Lizka d'une voix joyeuse. Quand il y aura plus de risque de contrôle.

La vente de billets « détournés » était déjà depuis longtemps une habitude dans les transports publics. Les conducteurs d'autobus y rajoutaient la revente au noir de leur trop-plein de carburant. Les salaires ne suivaient pas l'augmentation du coût de la vie, et ils étaient parfois payés avec plusieurs mois de retard. C'est pourquoi l'administration faisait semblant de ne pas remarquer que dans la caisse ne rentrait que soixante-dix pour cent des recettes. Les filles avaient emprunté cette technique à leurs collègues masculins, mais elles n'y avaient recours que dans les cas de besoin extrême.

Et là, elles avaient besoin d'argent pour une soirée qui devait se dérouler mercredi chez Lioubacha, le jour où le tiers des conductrices de trolleybus du dépôt numéro quatre avaient droit à un repos. Il avait été convenu que ce serait une soirée sans hommes, et Lizka avait accepté l'invitation avec plaisir. Elle avait déjà été mise au courant des frasques d'Arthur, qui en prétextant des réparations à faire sur son véhicule passait son temps avec des copains et des copines dans des bars et des saunas, et elle prenait cela comme une petite vengeance. En dehors d'elle-même et de Lioubacha, qui venait de divorcer de son mari ivrogne, la soirée des filles devait accueillir Vera et Irina, deux collègues, ainsi que Katia, avec qui elle travaillait en tandem au dépôt, et Zoïa Andreïevna, la doctoresse qui chaque matin était là pour vérifier la bonne santé des conducteurs et conductrices.

Le trolleybus fit lentement l'ascension de la colline Lenivaïa, et plus bas les toits et les rues se mirent à miroiter. Lizka ralentit avant d'aborder un trou dans la chaussée et elle pensa que, si elle mettait de côté son opinion sur les cantonniers, G. était une ville qu'elle aimait beaucoup. À sa rencontre arrivait un « cinq » conduit par Vera. Celle-ci agita la main pour lui dire bonjour. Lizka lui fit en réponse un large sourire et alluma ses clignotants. Devant elle, le centre-ville commençait, on voyait le mur d'enceinte d'un vieux monastère.

Avant le marché Mikhaïlovski, Lizka ne freina pas quand le feu passa à l'orange et, comme elle avait doublé ainsi deux autobus, elle arriva en premier à l'arrêt. Lioubacha s'élança vers son siège de receveuse et s'y installa en hâte, craignant d'être écrabouillée par la foule des passagers qui, effectivement, s'engouffrèrent dans la voiture et la remplirent aussitôt. Il y avait toujours à cet arrêt une quantité impressionnante de candidats au voyage et, même après que les gens s'étaient horriblement comprimés, le trolleybus ne pouvait jamais faire entrer tout le monde. Les portes se refermèrent avec difficulté. Lizka aperçut dans son rétroviseur un de ceux qui étaient restés sur le trottoir perdre toute retenue et donner des coups de pied dedans.

– Citoyens ! criait Lioubacha. Payez maintenant !

Elle espérait que chaque passager acquitterait le prix de son billet en demandant à son voisin de faire circuler les pièces de monnaie, mais à chaque fois qu'elle prononçait ces paroles, les citoyens prenaient des airs innocents et faisaient semblant de ne même pas avoir remarqué qu'une receveuse était présente dans la voiture. Lioubacha poussa un gros soupir et, en travaillant des coudes, commença à se frayer un chemin vers l'arrière.

L'arrêt suivant approchait, et Lizka freina brusquement une demi-douzaine de fois, puis tout aussi brusquement changea de direction ; c'était une technique pour tasser encore les passagers. Elle pourrait ainsi faire monter une bonne dizaine supplémentaire de voyageurs.

L'économie de marché avait modifié les relations entre les dépôts de trolleybus et les parcs d'autobus, et une guerre non déclarée était en cours, dont chaque client était l'enjeu. Les trolleybus, bien que pas très maniables, dépassaient les autobus sur les montées et dans les portions non défoncées de leur parcours ; quant aux autobus, ils profitaient du manque d'autonomie des trolleys, enchaînés à leurs fils électriques. Les conducteurs communiquaient entre eux par radio, ils se coupaient la route et faisaient exprès de ralentir celui qui les suivait. Lizka connaissait de vue bon nombre de ses concurrents, et, quand elle bataillait avec eux, c'était toujours avec un grand sourire. Par exemple, quand elle avait doublé un autobus dans la montée de la colline, elle faisait tout pour l'empêcher de reprendre la tête. L'autre perdait de la vitesse, était obligé de passer en seconde ou en première et restait loin derrière. De leur côté, les conducteurs d'autobus savaient parfaitement à quels endroits se trouvaient les bifurcations des fils qui obligeaient le trolleybus à freiner pour que les perches suivent la ligne. Ils choisissaient ces moments pour rattraper Lizka, sortant la tête par la fenêtre pour sourire à Lizka avec une expression méchante de triomphe. Parfois elle était à tel point emportée par la compétition que ses perches déraillaient. Sous le vacarme de klaxons derrière elle et tandis que les passagers éternellement pressés et en retard se répandaient en protestations, elle devait alors sortir de sa cabine, faire le tour du trolley et replacer les perches en tirant sur la corde qui reliait leur extrémité à l'arrière de la voiture.

Sur le tableau de bord s'alluma une lampe rouge. Lizka se gara et ouvrit les portes. Pour lutter contre les passagers sans billets, les filles avaient demandé à l'électricien du dépôt d'installer un bouton sous le siège du receveur. Lioubacha s'en servait quand elle voulait expulser les mauvais payeurs. Si le « clandestin » refusait de descendre, Lizka tout simplement attendait que les autres voyageurs se chargent de le convaincre. Ces immobilisations en bordure du trottoir violaient la réglementation, et elles avaient même une fois coûté leur prime à Lioubacha et Lizka, mais les deux femmes avaient une fois pour toutes adopté cette méthode et elles s'y tenaient.

L'attente ne se prolongea pas longtemps. Par les portes arrière quelqu'un fut projeté à l'extérieur, un clochard ivre transportant un sac de bouteilles vides, avec un pied déchaussé ; la deuxième chaussure vola à sa suite.

– Prochain arrêt rue Karl-Marx, annonça Lizka dans le micro, avec un sourire involontaire.

Cette portion de l'itinéraire l'amusait, elle l'avait surnommée « la partie allemande ».

Après la rue Karl-Marx il y avait d'autres arrêts : rue Friedrich-Engels, rue Clara-Zetkin, avenue Rosa-Luxemburg, passage Erich-Weinert, place Ernst-Thaelmann. Au début des années quatre-vingt-dix, il y avait eu des tentatives pour les débaptiser : rue Semionovski, rue Orlov, avenue Ekaterinskaïa, passage du Canal, place de la Concorde. Mais ces nouvelles appellations n'avaient pas pris, ce qui avait pour conséquence une confusion permanente. Sur certains immeubles figuraient les anciennes plaques, sur d'autres, c'étaient les nouvelles qu'on avait fixées. Les voyageurs demandaient souvent à Lioubacha de les éclairer, mais celle-ci se contentait de hausser les épaules et conseillait à son interlocuteur d'aller se renseigner auprès de quelqu'un de plus âgé qu'elle.

De loin, à l'arrêt de l'autre côté de la rue, Lizka aperçut un trolley peint en rouge. Le onze. Au volant pouvait très bien se trouver Arthur, car le véhicule auquel il était affecté était de couleur rouge. Lizka décida de tourner la tête quand ils se croiseraient. Bon sang, il fallait absolument faire quelque chose pour que leurs relations changent. Et si elle le trompait une fois ou deux, histoire de lui rabattre un peu son caquet ?

Le onze passa à toute vitesse dans l'autre sens, en arrosant de boue le pare-brise de Lizka. C'était Arthur.

Et enfin, la rue Gagarine. Lizka entra sur l'aire où elle pourrait faire demi-tour et jeta un coup d'œil à sa montre. Il restait un peu plus de quinze minutes avant de repartir dans l'autre sens. Elle offrit ses sandwiches à Lioubacha, car elle savait par expérience qu'avec l'estomac plein elle risquait encore plus de s'assoupir. Le café du thermos et une cigarette lui suffiraient.

– Dis, Lioubacha, je pourrais peut-être tromper mon mari, hein ?

– Ça servira à rien, observa Lioubacha.

Elle nettoyait la barquette de plastique de tous les restes de salade qui y étaient encore collés. Elle lécha sa fourchette et elle ajouta :

– De toute façon, tu pourras pas lui cacher ça, et lui, quand il l'apprendra, il demandera le divorce. Tu te retrouveras encore une fois à la rue.

– Alors, qu'est-ce que…

– Faut que tu le rééduques. Quand les maris sont vieux, ils sont comme des pastèques – la bedaine qui grossit, la queue qui se dessèche. Ceux-là, pas la peine d'essayer de leur apprendre quoi que ce soit. Mais le tien, il est encore jeune.

– Comment tu veux que je le rééduque ?

– Je sais pas, peut-être faire la mystérieuse, le pousser vers une bonne grosse crise de jalousie…

– Merci bien. La scène d'hier, ça m'a suffi. Il m'a cassé ma tasse préférée.

– Ben évidemment. T'en connais, toi, un mec qui aimerait voir sa nana fricoter avec d'autres mecs ? En fait, ils considèrent que t'es leur propriété, ils en démordent pas. Et toi, t'es vraiment trop témancipée… euh… trop… euh… ce que je veux dire, c'est que tu montres trop souvent que tu es indépendante. Ils aiment pas ça. Tiens, pourquoi que tu crois que ces derniers temps les étrangers se marient aux filles de chez nous ? C'est parce que là-bas, à l'ouest, leurs femmes sont toutes trop zémanci… euh… enfin… elles ressemblent de plus en plus à des hommes…

Lioubacha s'enfila un morceau de pain dans la bouche.

– Tu peux parler, dit Lizka. Tu t'es séparée de ton mec, maintenant tu fais la leçon aux autres.

– Ce pauvre crétin, dit Lioubacha, j'ai jamais rien

attendu de lui, en dehors d'un enfant et de la moitié de ses meubles.

L'évocation de son ex-mari commença. Avec rage, elle se lança dans la description de tous ses défauts et elle raconta comment il lui avait gâché la vie. Et, comme d'habitude, les deux femmes se mirent d'accord pour dire que tous les hommes étaient des coureurs et des menteurs, et ensuite elles convinrent que Lioubacha devait se procurer un peu plus de billets au noir, pour avoir de quoi s'acheter un radiocassette. Elles l'installeraient dans le trolleybus et, pour lutter contre la somnolence et la mauvaise humeur, elles mettraient une cassette de musique bien rythmée et elles pousseraient le son à fond.

Il tombait une petite bruine. Le trolleybus numéro dix-sept regagna la chaussée principale. Les pneus chuintaient. Pour revenir au terminus il fallait à présent parcourir la deuxième moitié d'une boucle, ou plus exactement le deuxième cercle d'un vaste huit, et cette portion de l'itinéraire plaisait beaucoup moins à Lizka. On passait dans la vieille ville, où la circulation était plus dense et les artères moins larges. Les trolleys et les bus ne pouvaient pas se croiser, ils étaient en outre gênés par les tramways et une foule de piétons toujours indisciplinés, qui se faufilaient partout et provoquaient des bouchons et des accidents. En proie à un mauvais pressentiment, Lizka essayait de combattre sa distraction ; elle se concentra sur la conduite, elle laissa passer encore un excité du volant, lentement elle se mit à rouler sur sa file.

Son mauvais pressentiment ne l'avait pas trompée. À l'arrêt situé devant le théâtre de marionnettes, elle entendit un choc. Un frisson glacé la parcourut, son regard bondit d'un rétroviseur à l'autre, elle se leva de son siège et elle aperçut un homme couché près de la roue avant.

– Un troupeau de cinglés ! explosa-t-elle. Ils attendent

même pas qu'on s'arrête pour se jeter vers les portes !

Elle sortit d'un bond dans la rue, suivie de Lioubacha. L'homme était couché sans bouger sur le bord de la plate-forme. Il avait perdu sa casquette, une goutte de sang lui coulait par le nez.

Lioubacha commença à se lamenter.

– Mon Dieu, il est mort ! renifla-t-elle.

– Ferme-la ! ordonna Lizka.

Elle s'accroupit au-dessus de l'homme et lui prit le pouls.

– L'hôpital est à six arrêts d'ici. Aide-moi !

Les deux femmes introduisirent le blessé par la porte avant. Il n'avait pas repris connaissance. Lizka avait le cœur qui battait à se rompre, mais elle essayait de se maîtriser. D'une voix qui n'était pas la sienne, elle fit une annonce dans le micro :

– Nous vous prions de nous excuser. Par suite d'un incident technique, le trolleybus ne peut pas continuer. Je vous demande de sortir de la voiture.

Dès que le dernier passager fut dehors, elle démarra à toute vitesse.

– Lioubacha, fouille dans la pharmacie, il y a de l'ammoniaque.

Pour Lizka, la situation était on ne peut plus claire. L'homme s'était trop approché du bord de la plate-forme, et il avait été heurté par le rétroviseur extérieur. Elle était arrivée à l'arrêt tout doucement, et le choc n'avait pas pu être violent. Mais qu'est-ce qu'on en savait, après tout ?

Tandis que Lizka, sous les yeux ahuris de leurs conducteurs, zigzaguait entre les voitures et les doublait sans ralentir, Lioubacha promenait sous le nez de l'homme un morceau de coton imprégné d'ammoniaque diluée. L'homme fronça les sourcils et ouvrit les yeux.

– Dieu merci, on vous a pas tué, lui dit Lioubacha d'une voix réjouie.

L'homme tenta de se relever, mais aussitôt retomba sans force sur le siège.

– Merci. Vous savez, je voyais bien que le rétroviseur venait sur moi, dit-il en essuyant avec un mouchoir le sang qui lui avait coulé du nez. Mais j'ai pas eu le temps de sauter en arrière. À cause de ma jambe. Elle a du mal à bouger.

– Vous vous êtes cassé une jambe ?

– Oui. Enfin, non. Enfin, si, avant, j'ai eu la jambe cassée. Elle a reçu un éclat d'obus.

Lizka s'arrêta devant l'hôpital.

– Comment que vous savez que j'allais précisément dans cet hôpital ? s'étonna l'homme.

– On le savait pas, répondit Lizka. Simplement, je pense qu'après cet accident vous devriez vous faire examiner par un médecin.

Elle se sentait soulagée de voir qu'il allait mieux.

– On va vous accompagner. Je vais baisser les perches pour que les autres trolleys puissent passer.

– Non, merci. Je vais me débrouiller tout seul. De toute façon, faut que je montre ma jambe au chirurgien. Et les banales commotions cérébrales, j'ai l'habitude, vous pouvez me croire.

– Tenez, votre casquette.

– Merci. Et ma canne ?

– Vous aviez une canne ?

– Oui, j'ai mal à la jambe, alors je marche avec une canne.

– On a dû l'oublier dans l'affolement, dit Lizka en regardant Lioubacha, qui se contentait de hausser les épaules. Bon, on vous en achètera une autre. Comment vous vous appelez ?

– Maxime. Vous pouvez m'appeler Max.

– Très bien, Max. Donnez-nous votre numéro de téléphone, et dès aujourd'hui on…

– Non, non ! Pas question. C'est moi le responsable

de ce qui est arrivé. Et en plus, vous savez pas quelle taille je fais.

– Dites, Max, demanda Lizka sans grande assurance, vous nous en voulez pas ? Je veux dire, vous allez pas déposer plainte à la police ou à la direction des trolleybus ?

– Hum…

Max jeta un coup d'œil à la plaque sur laquelle figurait le nom de la conductrice.

– À une condition, Liza.

– Laquelle ?

– Que vous dîniez avec moi. Demain, à neuf heures, au *Muguet* ?

Était-ce parce qu'elle n'avait pas le temps – derrière le trolleybus, les voitures klaxonnaient furieusement – ou bien parce qu'elle se sentait des obligations envers cet homme ? Bref, Lizka accepta. Lioubacha était déjà en train de ricaner ; son sourire chargé de sous-entendus dénudait ses grosses dents de devant.

Quand Lizka eut terminé son trajet sans passager, elle coupa le moteur et décida de téléphoner pour demander à Katia, sa coéquipière, de la relever. Maintenant que l'épreuve de l'accident était passée, elle sentait que ses mains s'étaient mises à trembler. Elle avait déjà eu l'occasion de traverser une dizaine de situations comparables et elle savait qu'elle allait être incapable de tenir le volant. Ce qui s'était produit revenait par vagues devant ses yeux jusque dans les plus infimes détails, et une question maintenant la tourmentait : et si Maxime était mort ?

Afin d'éviter les ennuis, elles avaient convenu avec Lioubacha de ne rien raconter à qui que ce fût. Quand Katia arriva, Lizka prétexta une urgence personnelle, et elle lui transmit le volant en faisant un rapport tout ce qu'il y a de plus ordinaire :

– Dans la porte du milieu, le battant gauche se coince de temps en temps. La roue avant droite a tendance à chasser un peu. Ça serait pas mal qu'on refasse un équilibrage.

Katia nota chez Lizka une nervosité inhabituelle, mais elle ne posa pas de questions. Elle avait un enfant en bas âge qui tombait souvent malade, et Lizka l'avait déjà remplacée plus d'une fois.

Lizka n'avait aucune envie de rentrer à la maison, car Arthur ne tarderait pas. Elle aurait eu besoin de soutien, de paroles consolatrices, mais elle savait que si elle tentait de lui raconter l'incident, elle n'obtiendrait rien.

– Faut regarder la route, faut pas cancaner avec la contrôleuse ou rêvasser à des idioties ! dirait-il à coup sûr, avant d'ajouter : Seigneur ! Pourquoi qu'on m'a foutu ces bonnes femmes au volant !

Et ensuite il se mettrait à crier, à gesticuler, les récriminations pleuvraient.

Elle finit malgré tout par rentrer chez elle. Pour ne pas sombrer dans la déprime, elle engloutit deux grosses tablettes de chocolat, ce qui la rendit un peu malade. Donc un thé, un somnifère, et le lit. Cette journée insensée, dangereuse, presque irréelle, était près de s'achever. Ce n'était pas trop tôt.

Elle s'était roulée en boule entre les draps et, tandis qu'elle essayait de s'endormir, on ne sait pourquoi ce qui lui revenait en tête était son troisième anniversaire de mariage. Elle était allée à la campagne, elle avait ramassé un sac entier de feuilles mortes. Jaunes, brunes, rouges, marron, des feuilles de chêne, de frêne, d'érable, toutes étaient incroyablement belles. Elle avait vidé le sac sur leur lit double, répartissant au milieu des feuilles des grappes de sorbier et des pommes sauvages. Allongée sur le lit elle avait attendu Arthur avec du vin et des chandelles, mais en arrivant celui-ci avait seulement froncé les sourcils et il lui avait demandé si elle était folle, ou quoi, d'avoir apporté à la maison toutes ces saloperies pleines de terre.

Plus Lizka réfléchissait, moins elle réussissait à se décontracter.

Si les contrats de mariage, qui aujourd'hui commençaient à faire une apparition timide, avaient existé plus tôt, Lizka aurait tenu à y inclure une clause importante. Son époux aurait eu pour obligation quotidienne de lui masser le dos – des vertèbres cervicales au coccyx –, et de lui embrasser la plante des pieds. Elle n'aurait pas exigé autre chose de son époux. Enfin, si : qu'il ne prononce jamais de mots grossiers. Et qu'il n'y ait pas plus d'un match de foot par mois. Et pas plus d'une soirée bière par semaine ! Et aussi…

– Ah ben, bravo ! s'exclama Arthur.

Il venait d'entrer, et, comme il avait vu que Lizka était couchée, il fit exprès de claquer la porte derrière lui.

– Avant d'aller dormir, elle aurait pu préparer à manger, celle-là ! Deuxième jour qu'il y a rien de chaud !

Il avait ouvert le frigo et il fouillait dedans, et Lizka eut envie de lui dire d'aller se faire foutre. Mais si elle ouvrait la bouche, elle savait qu'il la priverait de sommeil cette nuit encore. Elle resta coite, elle faisait semblant de dormir. Et, finalement, elle s'endormit pour de bon.

Le soir suivant, Lizka arriva au *Muguet* avec le sentiment agréable qu'elle allait au-devant d'une expérience nouvelle. L'idée d'une infidélité à son mari s'enracinait en elle de plus en plus fortement : elle ne lutterait pas, il suffirait que Max en prenne l'initiative. Sans savoir encore si l'homme qui était assis à côté d'elle au restaurant était une victime d'un accident de la route ou un futur amant, elle minaudait d'une façon pas très originale et elle s'efforçait de lui poser des questions plutôt que de répondre aux siennes.

– Ta jambe. Comment que c'est arrivé ?

– À la guerre.

Max répondait comme si c'était d'une évidence absolue.

– Tu étais là-bas, au sud ?

– Oui. Et j'ai toujours envie d'y retourner, tous mes copains sont restés là-bas. Mais les médecins veulent pas.

– T'as dû avoir une sacrée peur là où t'étais, non ?

– Au début, oui, peut-être. Mais ensuite ça a été plutôt la rigolade. On buvait de la vodka, on fumait des joints. De temps en temps on faisait un carton.

– Sur qui vous tiriez ?

Max prit soudain un air sombre.

– Sur tout le monde, dit-il. Parlons pas de ça.

La serveuse apporta des petits poulets rôtis et du cognac.

– T'as vu, elle est toute neuve, dit Max.

Il sortit une canne de dessous la table et la montra à Lizka.

– Faut qu'on arrose ça !

– Je voulais pas du tout te renverser, dit Lizka, qui regrettait sincèrement ce qui s'était passé.

– Je sais. Tout est bien qui finit bien !

Ils burent. Une musique bien rythmée avait commencé à vibrer autour d'eux. Dans la petite salle, on voyait un peu partout des adolescents en train de se trémousser.

– Tu veux que je te raconte mon premier accident ? demanda Lizka d'une voix réjouie.

– Vas-y.

– Je conduisais avec mon instructeur, c'était un véhicule-école. Et il y a un nouveau riche qui me fait une queue-de-poisson pas possible. Je l'accroche avec mon pare-chocs. Le type sort de sa voiture, il se met à rugir des insanités. Moi, avec l'instructeur, je sors à mon tour…

Le cauchemar était toujours le même. Un blindé qui roule sur un chemin de terre. Lui, il est assis en haut, avec les autres, sur le blindage brûlant. Il est torse nu, il sent sur sa peau le vent sec, chaud. Tous autant qu'ils sont, ils rêvent à la rivière vers laquelle ils se dirigent, ils ont envie de l'atteindre pour se débarbouiller et étancher leur soif. Tout autour, une herbe épaisse, des arbres qui embaument. Et soudain le véhicule freine, il y a une caisse d'obus sur la route, juste devant. Seulement ça. Les sapeurs sont les premiers à sauter à terre. Ils s'approchent lentement de la caisse, ils se penchent dessus. Max ne voit pas ce qu'ils font, mais l'angoisse le saisit. Ses mains sont en sueur. Il les crispe de plus en plus fort sur son fusil automatique, il scrute avec de plus en plus d'inquiétude les collines des environs. Brusquement, un des sapeurs se précipite à l'écart de la route, tombe à quatre pattes et commence à vomir. Tous vont en courant vers la caisse. Max aussi.

Les jambes coupées ont été mises de part et d'autre de la tête. Plus bas, c'est les bras. Max reconnaît la tête, c'est Kolia. Kolia, de la deuxième compagnie, ils jouaient ensemble aux échecs. Disparu trois jours avant. Une tête, des jambes, des bras. Et le reste du corps ? Où est le reste du corps ?

Et là, Max se réveillait. Et il ne pouvait plus se rendormir. Alors il fumait, les yeux fixés sur le plafond, jusqu'au matin.

– … et pendant qu'on attendait les flics, il continuait à me faire peur, il disait que je passerais ma vie entière à payer la réparation de sa voiture, disait Lizka.

Elle poursuivait son histoire et, à en juger par ses éclats de rire, elle la trouvait très drôle.

– Allez, à notre santé ! proposa Max.

– À la nôtre !

Ils vidèrent un nouveau verre. Lizka poursuivait son récit. Max regardait au-delà d'elle en direction du bar. Appuyés au comptoir, détendus, des gens bavardaient en bougeant leur corps au rythme de la musique. Un gros type promenait sur la salle ses petits yeux porcins et faisait des réflexions à l'oreille de deux dames qui étaient debout à côté de lui. Les dames se répandaient en hennissements hystériques. Maxime serra les poings sous la table. De qui se moquaient-elles ? De lui ?

Les mercenaires ne se salissaient pas les mains avec du sang. Ils enfilaient sur la tête de leur prisonnier une carcasse de fil de fer, et seulement après ils lui séparaient la tête du corps. Alors qu'il vivait encore. Puis ils accrochaient la carcasse et sa charge à un lance-grenade, et ils l'envoyaient vers les Russes. Les têtes roulaient ensuite sur le sol. Souvent aussi des testicules atterrissaient à côté.

Un jour, ils avaient attrapé un mercenaire arabe et ils lui avaient fait faire « une promenade ». Ils l'avaient attaché vivant derrière leur blindé avec un câble, et ils l'avaient traîné derrière eux. La vengeance était jouissive.

Quand ils entraient dans les maisons, ils tuaient tout le monde. Ils faisaient leurs besoins sur les tapis, ils buvaient de l'alcool médical dans des coupes en cristal. Les objets précieux revenaient aux officiers supérieurs, qui les expédiaient chez eux, en Russie.

Pour quelle raison il avait massacré une fille, il ne se le rappelait plus, Max. Sans doute qu'il avait trop fumé d'herbe.

– Pardon de t'interrompre, dit Max en terminant son verre cul sec. Je reviens dans une minute.

Il s'appuyait sur sa canne. Il fit attention de ne pas déranger les danseurs, les contourna, se dirigea en boitant vers les toilettes. L'avantage de l'alcool, c'est qu'il faisait disparaître les douleurs dans sa jambe. Il se passa la tête sous le robinet. Par tous les diables ! Pourquoi buvait-il ainsi ? Le médecin le lui avait pourtant formellement interdit…

La nuit, il y avait des tirs, mais tous s'y étaient tellement habitués que cela ne les empêchait pas de dormir à poings fermés. Tous, sauf Max. Il entendait les cris, ils étaient clairs, nets :

– A-al-la-aaaaaa-h A-ak-baaaaaa-ar !

Son sang se figeait dans ses veines quand il entendait cela. Ils allaient tous nous tuer ! Ou nous égorger comme des moutons ! Et votre fameuse aviation, votre merveilleuse artillerie, qu'est-ce qu'elle foutait, bande de salauds ? Et pas question de sortir prendre une gorgée d'air frais ou griller une cigarette, à cause des snipers.

– A-al-la-aaaaaa-h A-ak-baaaaaa-ar ! criait la nuit, encore et encore, lugubrement.

– Hé, Max ! murmurait un de ses copains dans l'obscurité. T'as le cœur qu'est descendu au fond de tes bottes, hein ?

– Pas si bas, mon gars, disait Max. Au fond de mon slip.

Alors qu'il se frayait un chemin dans des nuages de fumée et zigzaguait entre les gueules satisfaites des gens ivres, Max se disait que son cher *Muguet* n'était plus ce qu'il avait été. Il n'y a pas longtemps encore, c'était un établissement décent, mais à présent l'atmosphère douillette était remplacée par une discothèque, des serveuses à longues jambes, un vacarme et un désordre effroyables. Et puis, qu'est-ce qui était arrivé aux gens pendant qu'il avait été absent ? Et pourquoi tout ce monde riait si fort ? Qu'est-ce qui les réjouissait tant ?

Au moment où il rejoignait sa table, il vit un inconnu incliné au-dessus de Lizka.

– Vous désirez ? demanda Max.

– Ah ! Voilà votre cavalier ! dit le type avec désinvolture, en titubant légèrement. Vous permettez que je danse avec votre dame ?

– Je vous ai déjà dit que je ne dansais pas, dit Lizka.

Elle souhaitait avant tout finir de raconter à Max son histoire drôle.

– Me dites pas que vous allez comme ça rester à table avec votre invalide, hein ! Allez, soyez pas têtue !

L'inconnu avait commencé à tendre le bras, mais Max lui bloqua la main avant qu'elle n'atteigne Lizka.

– Écoute, l'ami. Ça sera pour une autre fois.

– Eh, mais tu vas pas me toucher, toi, espèce de minable ! protesta l'homme d'une voix forte en se dégageant de la saisie de Max.

À la table voisine, qui était manifestement celle d'où venait l'inconnu, on suivait maintenant les événements avec attention.

Lizka se mit debout. Elle sentait que les choses tournaient mal.

– Allez, calmez-vous, tous les deux, dit-elle.

– Si tu veux, on peut régler ça dehors ? dit l'homme en toisant Max d'un regard méprisant.

Max jeta un coup d'œil sur la table d'à côté.

– Vous êtes toute une bande. Pourquoi qu'on sortirait ? On est bien ici, dit Max, et il frappa le type entre les yeux.

L'autre poussa un hurlement et se cacha le visage entre les mains, tandis que ses amis décollaient de leur chaise l'un après l'autre.

À la différence de ses assaillants qui braillaient on ne sait quoi et qui sautillaient autour de lui, Max se tenait droit, avec assurance. Il ne changeait pas de place pour ferrailler avec sa canne. Ses coups étaient précis et brefs – sur la pomme d'Adam, au bas-ventre, dans l'estomac. Quelqu'un se précipita sur lui depuis l'arrière, tous deux s'effondrèrent en entraînant la table avec eux. Quand elle entendit une femme crier d'une voix stridente et la vaisselle partir en miettes avec fracas, Lizka sut qu'elle s'était une fois de plus engagée dans une sale histoire. Max était déjà en train de la tirer par le bras en direction de la sortie.

– Courons !

Ils émergèrent sur le trottoir. Max poussa brutalement Lizka sous la porte cochère la plus proche.

– Maudite jambe !

– T'es cinglé ! dit Lizka en tentant de se dégager.

– Chut !

Max l'entraînait plus loin, dans l'ombre de la cour.

Ils se cachèrent dans un sous-sol, l'oreille tendue vers les voix et les bruits de pas de ceux qui les poursuivaient.

– T'es cinglé ! T'es complètement idiot ! chuchota Lizka avec colère.

– Et toi, t'es une voleuse, fit remarquer Max en réponse.

Il chuchotait, lui aussi.

– Quoi ? s'étonna Lizka d'une voix rauque, persuadée qu'elle était en train de parler à un irresponsable.

D'un doigt, il lui indiqua quelque chose qu'elle tenait. C'était une bouteille de cognac. Elle ne se rappelait pas, absolument pas, comment il se faisait que la bouteille se trouvait entre ses mains.

Une sirène de police meugla au loin, puis tout se tut.

La nuit s'écoula ensuite, ponctuée de caresses passionnées et d'élans impétueux, dans la chambre du foyer ouvrier de l'usine de mécanique où Max travaillait comme fraiseur.

SEPT

Le matin suivant, Lizka se rendit directement de chez Max à son travail. Elle n'était pas rassurée. Elle se demandait comment Arthur allait accueillir le fait qu'elle ne soit pas rentrée à la maison la veille au soir. Lioubacha avait déjà accepté de jurer que Lizka avait passé la nuit chez elle. Toutefois, quand elle vit Arthur au dépôt de trolleybus, celui-ci fut d'une amabilité et d'une gentillesse extraordinaires.

– Tu vas bien ?

– Normalement.

– Aujourd'hui, pas la peine que tu ailles faire les courses. J'achèterai ce qu'il faut.

– Bon, répondit Lizka.

Elle n'arrivait pas à comprendre pourquoi il ne lui posait aucune question. Ils allumèrent tous les deux une cigarette.

– Mercredi, on pourrait peut-être s'organiser un pique-nique ? suggéra Arthur.

– Pas mercredi, non. J'ai une soirée prévue entre filles.

Il avait un comportement si inhabituel que Lizka sentit un doute naître en elle : et lui, est-ce qu'il avait passé la nuit à la maison ? Comme elle se rappelait qu'un match de foot était au programme télé de la veille, elle décida de le tester :

– C’est le Spartak qu’a gagné ?

Arthur ne put cacher son trouble et, après un silence prolongé, il finit par demander :

– Tu t’intéresses au foot, maintenant ?

– Oh, je demandais ça comme ça. Allez, faut que j’y aille !

Elle tourna le dos à son mari et cria joyeusement :

– Lioubacha, on décolle !

Lorsque le trolleybus vert clair numéro dix-sept sortit du dépôt, l’humeur de Lizka était excellente. De deux choses l’une : soit ce gros matou lascif s’était gavé de crème et, à présent, essayait de cacher sa faute en ronronnant, soit il avait eu très peur en constatant qu’elle pouvait découcher, elle aussi. Cette dernière hypothèse arrangeait mieux Lizka. Brièvement, le sentiment d’avoir trompé son mari fit frémir en elle un peu de culpabilité, mais aussitôt tout fut noyé sous une vague de satisfaction vengeresse, à quoi venaient se mêler les secrets d’une relation illégitime. Par comparaison avec Arthur, Max était une bête sauvage et un mâle véritable, rien à voir avec un fils gâté bien sage, mais, en même temps, c’était un être dangereux en raison de la force destructrice et de la folie qui l’animaient. Il attirait Lizka, mais pour rien au monde elle n’aurait souhaité lier sa vie à un homme pareil. D’autre part, même si Arthur ne le montrait jamais ouvertement, il l’aimait, malgré tout. Les gens cachent leur bonté, leur beauté, leur amour, ils les cachent profondément, c’est ainsi, on n’y peut rien. Et lui, il l’aimait. Et ils avaient besoin l’un de l’autre. Et cette idée d’organiser un pique-nique n’était pas si mauvaise que ça. Peut-être que oui, après tout, il suffirait qu’ils aillent en pleine nature passer ensemble les dernières journées ensoleillées ? Au début de novembre, la première neige tomberait, et ensuite se déchaîneraient des gelées terribles, et recommenceraient les six mois d’hiver russe, une époque détestable, usant le corps et l'âme. Et si elle renonçait à sa soirée entre filles, et qu'à la place elle partait dans la forêt avec son mari ?

Elle en était là dans ses pensées quand elle avisa sur le trottoir une silhouette familière. Il n'y avait pas d'arrêt, mais Lizka freina, ouvrit la porte avant et cria :

– Nina ! Monte, en vitesse !

Nina tourna la tête, sauta à l'intérieur du trolley qui s'était à peine arrêté, sourit d'un regard triste et protesta en maugréant :

– Tu me prends pour un cascadeur, ou quoi ?

Elle raconta que la grand-mère de son architecte s'était enfin décidée à mourir, mais qu'au lieu de léguer son appartement à son petit-fils, elle en avait fait don à une lointaine parente qui vivait dans une autre ville. Maintenant Nina craignait de devoir loger pour le restant de ses jours dans son maudit foyer de travailleurs. Pour égayer son amie et tenter de dissiper ses idées moroses, Lizka l'invita à la soirée des filles. Quand le trolley arriva à la hauteur du dispensaire de vénérologie, Nina descendit et fit un vague adieu avec la main. Elle marchait en se voûtant un peu.

Alors que le trolley stationnait en fin de boucle et que Lioubacha et Lizka avalaient leur repas de midi, on appela Lizka pour qu'elle prenne une communication depuis le bureau du dispatcher.

– Allô ?

– Allô, Liza ? C'est Max. Je suis à la neuvième section de la milice. Tu peux me sortir de là ?

– Qu'est-ce qui est arrivé ?

– Rien de grave. Alors, tu passeras me prendre ?

– Je suis en service. Je serai pas libre avant trois heures.

– J'attendrai. Viens vite.

– Bien, dit Lizka, sans comprendre nettement pourquoi elle avait accepté.

Des suppositions désagréables empoisonnèrent les

heures de travail que Lizka avait encore à effectuer. La milice avait les moyens de retrouver sans difficulté un homme qui boite avec une canne. On l'avait retrouvé et on allait certainement l'inculper pour la bagarre qui avait eu lieu au *Muguet*. Et elle, comment est-ce qu'on allait l'entendre dans cette histoire – en tant que témoin ou en tant que complice ? Sans oublier qu'ils s'étaient enfuis sans payer, et que pour couronner le tout elle avait volé une bouteille de cognac. Alors, peut-être qu'elle ferait mieux de ne pas se présenter chez les flics, non ? Et si Max avait blessé quelqu'un gravement ? Ou même tué ? C'était bien possible, il s'était battu avec une telle férocité... Tout cela pouvait avoir des conséquences affreuses, et en les imaginant Lizka se sentait de plus en plus mal. Rue Karl-Marx le destin lui offrit tout de même un petit cadeau.

Parmi les passagers de sa voiture, Lizka avait aperçu Kikimora. Elle n'avait pas beaucoup changé : toujours les mêmes yeux perçants derrière de grosses lunettes, seul le nez paraissait encore plus pointu – résultat sans doute d'une fureur permanente. Lizka se dit qu'elle pourrait essayer de la coincer entre deux portes, mais elle craignait de faire mal à d'autres passagers. Quand elle vit que Kikimora se préparait à sortir, elle s'arrangea pour ne pas s'arrêter devant la plate-forme, mais exactement au niveau d'une flaque énorme.

– C'est scandaleux ! s'indigna l'enseignante, tout en se dirigeant vers l'autre porte.

Mais la porte se referma juste sous son nez, et la voix de Lizka annonça le prochain arrêt. Kikimora fut donc obligée de sortir par l'unique porte restée ouverte, et, l'air dégoûté, elle dut traverser la flaque en piétinant bruyamment l'eau sale. Lizka exultait. Kikimora pouvait bien maintenant se plaindre à sa hiérarchie, écrire dénonciation sur dénonciation, c'était une occasion qui ne se présentait pas tous les jours !

La neuvième section de la milice empestait le tabac et la sueur mâle. Il y avait beaucoup de monde. Quand vint le tour de Lizka de se pencher devant le guichet, elle s'aperçut qu'elle ne connaissait même pas le nom de famille de Max.

– Je viens récupérer un ami. Il s'appelle Max et il...

Lizka était très émue.

– Dix roubles d'amende, dit tranquillement le milicien de service.

Lizka fouilla dans son sac et lui tendit l'argent.

– Et dites à votre ami que la prochaine fois on le gardera quinze jours en cellule. Dernier avertissement.

Le milicien fit un mouvement de tête à l'adresse d'un collègue assis à côté de lui.

– Fais sortir Chmyrine.

Quelque part dans le bâtiment on entendit un grincement métallique, et devant Lizka apparut Max, tout souriant. Une manche de son blouson était déchirée, il avait le dessus de l'œil fendu, sur la plaie quelques gouttes de sang avaient séché.

– Qu'est-ce qui est arrivé ? On t'a arrêté à cause de la bagarre au *Muguet* ?

– Non. Aujourd'hui je suis retourné faire un peu la fête dans un autre bar, j'ai cassé la gueule d'un type et j'ai réduit en miettes un ou deux verres.

Max essayait de l'embrasser sur la bouche, mais il avait l'haleine chargée, et Lizka s'écarta. Il n'avait pas lâché son bras, il la conduisit vers la sortie.

– Faut pas s'affoler, tu sais. Les flics ont tenu compte de mes papiers militaires et ils se sont excusés. L'amende, c'est seulement pour l'état d'ivresse.

– Écoute, faut qu'on ait une conversation, dit Lizka en montrant un banc près de la maison voisine. Asseyons-nous.

Ils s'assirent et allumèrent une cigarette. Lizka regarda Max en face. Ses yeux étaient troubles, noyés d'alcool.

Il y brillait une lueur effrayante, une joie incompréhensible.

– Tu es un brave gars, Max, commença-t-elle avec timidité. Mais je pense pas que ça vaille le coup de se revoir. J'ai un mari, je l'aime, et la nuit dernière j'étais ivre, voilà, et je savais pas ce que je faisais.

– En quoi il est meilleur que moi ? demanda Max doucement.

– La question est pas qu'il soit meilleur ou pire. C'est mon mari, on est ensemble.

Max baissa la tête, écrasa son mégot, et soudain il demanda avec brusquerie :

– C'est à cause de ma jambe, hein ? Tu veux pas avoir de relations avec un infirme ?

– Ta jambe a rien à voir dans l'affaire. Et en plus elle va pouvoir guérir.

– Pas sûr. L'articulation est touchée, on peut pas me poser de tige métallique. Et ça m'étonnerait que je puisse gagner assez d'argent pour me payer une prothèse. Tout ce que je reçois de l'État, c'est une carte postale à trois roubles pour la Journée du Défenseur de la Patrie.

– Je suis vraiment désolée, Max, mais je ne peux pas rester avec toi. Je ne t'aime pas.

– Peut-être que ça viendra, non ?

Max avait posé sa main sur le genou de Lizka.

– Oh, non ! Mon Dieu ! s'exclama Lizka en se mettant debout, et déjà elle s'éloignait rapidement. Non ! Et me téléphone plus.

À la suite de cette fort déplaisante rencontre, Lizka réfléchit aux hommes. Des espèces de grands enfants, qui faisaient si volontiers la sourde oreille quand ça les arrangeait… D'un côté, elle avait toute raison d'être flattée par l'attention que Max lui portait ; de l'autre, son incartade d'aujourd'hui suffisait pour la convaincre une fois pour toutes que leur relation était impossible.

Elle aurait eu envie de vivre avec un constructeur, pas avec un destructeur. C'est alors qu'elle se souvint de Viktor Mikhaïlovitch. Où était-il en ce moment ? On savait que de nombreux dirigeants du Parti ou du Komsomol s'étaient retrouvés au chômage ou avaient dû se contenter d'être employés dans les écoles primaires comme instituteurs. En dehors de diriger des organisations, ils ne savaient absolument rien faire. Le premier secrétaire du Comité régional du Parti communiste de G. était à présent, d'après les journaux, gardien de nuit dans un obscur entrepôt. Si d'aventure elle avait vu Viktor dans son trolleybus, elle se serait donné la peine d'aller vers lui pour lui dire que c'était quand même assez génial qu'on ait fichu dehors des types dans son genre.

À son grand étonnement, ce même soir, elle eut des nouvelles de Viktor Mikhaïlovitch. Elle était en train de dîner avec Arthur devant la télé, quand elle entendit une voix connue et vit sur l'écran le visage inchangé de Viktor. Il était à la tribune sous les applaudissements de la foule et les éclairs des flashes, et il exposait son programme électoral pour les élections de décembre qui approchaient. Il était toujours le même : fougueux, énergique, extrêmement convaincant. Il se présentait pour être élu gouverneur de G., et les sondages lui prédisaient déjà quarante-deux pour cent des voix.

Arthur zappa sur une autre chaîne.

– Ouais, soupira-t-il. Toujours la même musique, ceux-là. Si ça continue pareil, jamais on pourra se payer un appartement, pas la peine non plus d'attendre des trolleys neufs, et toi, tes pilules aux hormones, elles resteront dans une pharmacie et tu pourras pas en avoir. Y a pas la moindre lueur, voilà.

– À quoi ça sert de couiner, on ferait mieux de trouver quelque chose pour s'en sortir, répliqua Lizka.

– C'est quoi, ta suggestion ? Se faire bandits ? Faire de la spéculation ?

– On n'est pas obligés. Il y en a qui mènent leur vie normalement et qui s'enrichissent, dit Lizka.

Et elle ajouta, en imitant Eltsine :

– On est dans l'époque des possibles.

– Ça dépend pour qui. Tu te rappelles le président de notre syndicat, Danila ?

– Mmouais.

– Aujourd'hui, il a cinq kiosques dans la ville : bière, cigarettes, tout un tas de bricoles. Bon. Dans un des kiosques il a décidé de tout faire en respectant la loi. À titre d'expérience, si tu veux. Eh bien, non seulement ça fait déjà quatre mois que ce kiosque lui rapporte pas un kopeck, mais en plus il doit de l'argent à l'administration. Une amende pour avoir rempli de travers les formulaires des impôts !

– Et c'est pour ça que tu te prépares à rester toute ta vie sur le canapé en face de la télé ? Faut qu'on fasse quelque chose, je te dis.

Arthur eut un regard malicieux.

– Je sais ce qu'il faut faire, moi, annonça-t-il. J'ai un plan grandiose à l'échelle de tout le pays. Faut encore une fois emprunter massivement à l'Occident, mais cette fois on se servirait de l'argent pour embaucher les créditeurs. On leur demanderait d'écrire des lois intelligentes, de remettre en ordre notre économie et de se débrouiller eux-mêmes pour régler la dette. Ça serait formidable pour l'avenir de la Russie !

Lizka se sentit triste. Au lieu de penser à elle et à l'enfant qu'ils devraient avoir, il se défilait toujours en lâchant des plaisanteries idiotes. Mais au lieu de rétorquer quelque chose ou d'entamer une discussion elle se pressa contre lui, sous son aisselle :

– Viens au lit avec moi.

– Ça va pas, non ? Y a du foot dans dix minutes.

La fameuse soirée entre filles du mercredi commença à dix heures du matin. Les filles avaient commencé à boire dès le moment où elles préparaient les zakouski, puisque le lendemain matin elles devraient toutes reprendre le volant. Le contrôle médical étant rigoureux, elles invitaient systématiquement la doctoresse Zoïa Andreïevna afin d'être couvertes. En raison de sa fonction, celle-ci, une grosse femme bouffie au nez rouge, participait à toutes les beuveries organisées dans le dépôt de trolleybus numéro quatre. Elle ne savait pas vraiment animer une conversation, mais, quand il s'agissait de cuire du bœuf en daube, elle était insurpassable. Nina et Lizka coupaient menu les ingrédients pour les salades, Lioubacha et sa coéquipière Katia mettaient la table, Vera triait de vieux 33 tours et, choisissant pour interlocutrice Irina, la receveuse qui travaillait avec elle, elle se vantait d'avoir acheté une nouvelle voiture.

– Une Volkswagen Passat 1989, volée en Allemagne et repeinte de neuf ! Maintenant que je l'ai prise en mains elle va durer encore une bonne vingtaine d'années, et quand je lui aurai mis une deuxième couche de peinture ça va être une splendeur. Allez, on va boire sec, et quand la nuit sera tombée on ira à la chasse aux jolis garçons… qu'est-ce que je dis, aux jolis garçons… aux jolies filles, plutôt ! Il y a de la place sur les sièges, on tiendra toutes !

Un peu hommasse, Vera ne cachait à personne son attirance pour le sexe féminin. Elle regardait le monde avec pragmatisme, et ses collègues dans leur ensemble la respectaient pour son amour de la technique. À la différence des autres femmes qui travaillaient comme conductrices, elle n'embellissait pas son poste de travail avec des fleurettes, des brimborions divers et des rideaux, elle se souciait en priorité de la pression des pneumatiques, de l'embrayage et, par-dessus tout, du bruit que faisait le moteur. Et comme elle n'avait aucune confiance dans les réglages des mécaniciens et des électriciens, comme, au contraire, elle se lançait elle-même avec enthousiasme dans les réparations, son trolleybus rose était très rarement immobilisé au garage et, en dépit de son âge, était sans doute le plus sûr de tous les véhicules du dépôt.

Son mari travaillait dans une agence automobile qui vendait des modèles étrangers. Elle l'avait épousé non par amour, mais parce que ce mariage correspondait à leur intérêt mutuel. C'était un homosexuel qui cachait sa sexualité en même temps qu'il la considérait comme un sport nécessitant de la technique et de l'endurance, et, en résumé, il convenait bien à Vera. Elle élevait l'enfant qu'il avait, et pour la remercier il lui achetait des voitures. Chacun évitait de fourrer son nez dans les affaires de l'autre, mais pour rigoler ils faisaient une compétition : à qui débaucherait le plus d'individus de son propre sexe. La receveuse Irina, qui s'était mariée à dix-sept ans à un homme deux fois plus âgé qu'elle, et qui depuis cette date n'avait cessé de maudire ce choix, était ouvertement sous le charme de Vera. Elle ne la laissait pas trop s'approcher d'elle, mais au dépôt le bruit courait avec insistance qu'elles couchaient ensemble.

Bien entendu, Lizka et Katia, qui avaient la charge du trolleybus vert clair numéro dix-sept mais ne s'en occupaient que médiocrement, ne pouvaient pas dire merveille de leur véhicule. Elles enviaient l'habileté de Vera et se répandaient en soupirs :

– Cette pauvre caisse, elle est victime d'un mauvais sort ! Elle est pas améliorable !

– Dites pas de bêtises, les filles ! leur répondait Vera avec un sourire sarcastique. Un trolley a une âme, comme nous, mais vous arrivez pas à comprendre ça... vous voulez pas... Alors, c'est quoi qu'a cassé, cette fois-ci ?

– La barre de l'arrière, se plaignait Katia. Elle est tombée, comme d'habitude. C'est toujours quand je suis de service que ça arrive.

On ne saurait dire si ce malheureux trolleybus avait une âme, mais la barre située sur la plate-forme arrière en avait une, incontestablement. C'était une barre suspendue qui ne s'entendait ni avec les boulons, ni même avec les soudures, et qui régulièrement cédait en s'abattant sur la tête des passagers sans méfiance ou en provoquant leur chute brutale sur le plancher souillé de boue. De préférence, elle choisissait de se manifester ainsi dans les virages, ou quand la cohue était intense, par exemple à l'arrêt du marché Mikhaïlovski ; mais elle attendait aussi pour agir autrement les jours où le temps était exécrable, quand le sol dans la voiture était transformé en une vilaine bouillie composée de sable et de neige.

– Putain de saloperie de barre ! criaient les voyageurs à l'unisson, et avec le même ensemble ils s'effondraient tous sur un côté, continuant à s'agripper à la barre métallique qui soudain devenait entre leurs mains une lance qui déchirait les physionomies et les vêtements des passagers debout un peu plus loin.

Lizka allait injurier les soudeurs, Katia attachait à la barre une pancarte : « NE PAS TOUCHER », mais rien n'y faisait. Quant aux autres défauts qui accablaient leur voiture, Lizka et Katia avaient même peur de les évoquer. Elles n'en parlaient pas pour ne pas attirer le malheur et pour ne pas assombrir l'ambiance du festin.

Sans que personne l'eût spécialement désiré, la conversation qui avait débuté par l'état des trolleybus dériva vers l'argent. Les filles se remémoraient la grève de l'année précédente : leurs concurrents du dépôt numéro deux ne s'y étaient pas associés, ils avaient travaillé comme pendant un jour normal. Résultat, le directeur du dépôt numéro quatre avait sanctionné ses conducteurs et conductrices grévistes, il leur avait décompté les journées de grève et en plus il les avait privés de primes. Autour de la table, on se lamenta à propos de l'absence d'unité, on cita l'exemple des camionneurs français et des enseignants en Israël, mais la conclusion était que rien n'avait changé : leur salaire de misère, elles le recevaient avec quatre mois de retard.

C'est pourquoi on admirait et on enviait d'autant plus Katia, qui, grâce à sa machine à coudre, réussissait à s'habiller comme une reine. Les imperméables qui allaient jusqu'aux chevilles, les chapeaux à large bord, les robes exotiques, elle avait recours à toutes les tenues possibles pour ne pas révéler sa véritable profession. Elle s'était même procuré des lunettes en verre ordinaire dans l'intention de ressembler à une bibliothécaire plutôt qu'à une employée des trolleybus. Les autres prenaient exemple sur elle, aussi les deux heures qui suivirent furent-elles consacrées à la consultation de magazines de mode. Lizka, qui avait pour principe de s'habiller de façon utilitaire, estimait futile cette occupation. Quel sens cela avait-il de repasser une jupe, puisqu'il n'y avait pas de vestiaire et qu'on devait la traîner toute la journée dans son emballage, faute de pouvoir l'enfiler ? Il valait mieux rester en survêtement, avec un blouson de cuir par-dessus. Elle s'ennuyait, elle alla regarder par la fenêtre.

Le temps était couvert et peu de gens se promenaient dans la rue. La Passat vert sombre de Vera paraissait vraiment flambant neuve, et, au milieu des autres voitures garées à proximité, elle se détachait avantageusement. Pas très loin, adossé à un bouleau, un homme était en train de fumer une cigarette. Lizka concentra son attention sur lui. Mon Dieu, non ! C'était Max. En toute hâte elle s'écarta de la fenêtre. Ses pensées s'agitaient soudain fiévreusement dans sa tête. Comment avait-il pu savoir qu'elle se trouvait là ? Une coïncidence ? Il la suivait ? Brusquement, elle eut peur.

– Vera, ce soir, tu pourras me reconduire chez moi en voiture ?

– Pas de problème, fit brièvement Vera et de nouveau elle se pencha sur le doigt de Katia qui courait le long d'un patron de robe, accompagné de pertinentes explications.

Lizka se sentit un peu rassurée et elle jeta un nouveau coup d'œil à travers la vitre. Il n'y avait plus personne sous le bouleau. Elle s'était peut-être trompée en croyant reconnaître Max ?

– T'as les nerfs qui flanchent, toi ! se secoua-t-elle, et elle vida son verre sans reprendre sa respiration.

– Eh ben moi, je proteste ! hoqueta soudain Irina, qui, trop jeune, ne savait pas encore boire, et qui était déjà sérieusement imbibée. Pourquoi qu'on doit s'habiller comme ces poupées des magazines ? Faut qu'on s'habille avec le salaire qu'on nous donne, autrement les gens pourraient penser qu'on est contentes de cette vie de merde ! Elles se déguisent en ladies, tu parles ! Et chez elles, y a rien aux murs, et pas de quoi nourrir les gosses.

– T'as envie que les mecs s'enfuient en courant ? lui rétorqua Lioubacha. Déjà qu'autour de nous on n'a que des alcoolos...

– C'est pas parce que ton ex buvait comme un trou que tous les hommes sont pareils, intervint Zoïa Andreïevna.

De cette manière on venait d'aborder le deuxième thème principal de la soirée, les hommes, responsables de tous les malheurs des femmes. La discussion se noua autour d'une division de la gent masculine en trois catégories. La première – salauds et fumiers – comprenait avant tout les collègues conducteurs, ainsi que plus généralement tous les hommes assis derrière un volant. Dans la deuxième catégorie – parasites et dictateurs –, on trouvait les époux et les ex-époux, les amants passés et actuels, qui feignassaient, opprimaient, soudainement devenaient d'une grande froideur et décevaient la gent féminine sans défense. La troisième catégorie était censée regrouper les hommes bons, respectables, tendres et, en même temps, forts et sûrs d'eux-mêmes ; mais, après débat, il apparaissait qu'aucune des présentes n'en avait encore rencontré le moindre exemplaire.

C'était toujours avec plaisir que les filles parvenaient à cette conclusion, et un sentiment de solidarité leur emplissait alors le cœur. Les désaccords, s'il y en avait, furent mis en veilleuse, les haines et les rages s'évanouirent. Déjà Zoïa Andreïevna entonnait sa chanson préférée :

Rien ne peut briser les serments d'amour…

Et toutes de reprendre aussitôt, les yeux fermés, en s'oubliant entièrement dans la chanson :

Et pourtant la vie continue demain,
Et j'aurai cessé de t'attendre en vain
Quand toi, sans un mot, tu viendras soudain,
Rien ne peut briser les serments d'amour.

Tu viendras soudain quand il fera nuit,
À travers la neige et le vent glacés,
Quand le souvenir t'aura désolé
Des étreintes passées, des brûlants baisers,
Tu viendras soudain quand il fera nuit.

Lizka regardait Nina ; sur les joues de son amie coulaient des larmes. La voix de Nina se mit à trembler, elle se tut pour ne pas détruire l'harmonie du chœur. Et comme elle ne voulait pas montrer aux autres qu'elle avait eu un moment de faiblesse, elle alla déboucher une bouteille et versa du vin dans tous les verres.

Et tu voudras tant retrouver ces bras,
La chaleur de celle que tu n'aimais pas,
Que beaucoup trop tôt tu t'élanceras
Vers la mitrailleuse et les trois soldats,
Voilà comme tu désireras ces bras.

Pour être aimée je sacrifierais tout,
Et si forte est ma foi en ton amour,
Que sans renoncer je t'attends toujours,
Debout à la fenêtre nuit et jour,
Pour être aimée je sacrifierais tout.*

Après cette première chanson, les filles vidèrent à nouveau leur verre, essuyèrent leurs larmes, se mouchèrent, puis entonnèrent une deuxième mélodie. Quand même, pensa Lizka, nous, les bonnes femmes, il nous en faut si peu pour être heureuses. Elle eut soudain envie de rentrer immédiatement à la maison, vers Arthur, pour se serrer contre lui ou pour le prendre de force, le jeter sur le lit, avec l'espoir qu'il ne dise pas un mot.

Et tandis que le crépuscule s'avançait, chansons et bouteilles continuèrent à se succéder, et les problèmes personnels ou les chagrins intimes passèrent à l'arrière-plan, laissant place à une fête bruyante et sans retenue. On prit congé de Lioubacha qui avait si gentiment accueilli la compagnie chez elle, on fit des adieux à Nina, qui devait à présent prendre son service de nuit au dispensaire. Et voilà que déjà la Passat, pleine à craquer de filles ivres, fonçait dans les rues de la ville pour

* Traduction : Anna A. Timofeïeva.

reconduire tout le monde à domicile. Lizka avait beaucoup insisté pour prendre le volant et Vera, après plusieurs sourires moqueurs et incrédules, avait fini par céder.

– Vous avez vu ces commandes, mais c'est pour des nains ! s'esclaffait Lizka. Et qu'est-ce qu'on est bas sur la route !

– Lizka, ralentis un peu ! disait Zoïa Andreïevna en poussant des soupirs effrayés. Je t'en prie, fais attention !

– Ayez pas peur, les filles ! Le talent, c'est pas comme l'argent, ça s'évapore pas avec la vodka !

Lizka connaissait par cœur les ornières qui trouaient les rues, et les retrouver sous cette perspective neuve l'amusait énormément. Elle était si enthousiasmée par la conduite de l'automobile et par la docilité de son volant miniature qu'elle devait se retenir pour ne pas lâcher des cris aigus.

– Dis, Vera, ton mari pourrait pas m'offrir un jouet comme ça ?

Vera ne l'écoutait pas. Avec Irina et Katia, elles avaient baissé les vitres, et elles s'amusaient à saluer les passants sur le trottoir ou les passagers des voitures qui les frôlaient. Elles hurlaient et agitaient les bras avec fureur. Une BMW arriva à la hauteur de Lizka pour la doubler et son conducteur, après avoir rapidement jeté un coup d'œil sur les occupantes de la Passat, fut assez aimable pour renoncer à les dépasser.

– Eh, mon joli, j'ai envie de toi ! lui cria Irina. Tu vas où ?

La BMW à cet instant rejoignit la file qu'elles occupaient et leur fit un double appel de phares.

– Merde ! Les flics !

Là devant, à deux cents mètres, à l'entrée d'une courbe, un gyrophare rouge et bleu illuminait l'obscurité.

– Je m'arrête ?

– Ça va pas, la tête ? brailla Vera. Tu veux qu'on te supprime ton permis ? Tu veux perdre ton emploi ? !

Déjà la Moskvitch de la sécurité routière avait démarré, elle quittait le trottoir où elle était stationnée et elle s'approchait. Lizka tourna brusquement le volant, franchit la ligne continue qui divisait l'avenue, parcourut à toute vitesse une petite rue et se retrouva dans une avenue parallèle.

– Mes enfants, laissez-moi sortir, se plaignait Zoïa Andreïevna avec insistance.

– La ferme ! grimaça Katia, toutes dents dehors. D'ici on peut aller au parc Ivanovski ! Prends à gauche par le passage Samarkande !

Le cœur de Lizka s'était mis à battre follement. Elle laissa passer deux voitures et, filant comme un bolide sur l'avenue, vira à gauche sans ralentir. La Passat aborda violemment le trottoir, projetant toutes ses passagères vers le plafond, et, après avoir évité par miracle un banc public, plongea derrière les buissons, sous l'ombre salvatrice des grands arbres.

– Tout le monde se tait ! ordonna Katia.

Elle tendit le bras par-dessus l'épaule de Lizka et coupa le contact.

– Lizka, chuchota Vera, je vais te tuer !

La Moskvitch de la police avait fait son apparition de l'autre côté du parc. Elle resta là une demi-minute sans bouger, comme frappée de stupeur, puis elle s'éloigna rapidement, sirène hurlante, lugubre dans la ville nocturne.

– Eh bien moi, personnellement, dit Irina en rompant le silence, je considère que c'est une question d'honneur. On vaut cent fois plus que tous ces machos. À propos, vous pouvez me dire ce qu'on fait là ? On joue à cache-cache avec le beau mec de la BMW, c'est ça ?

Elles fumèrent sans rien dire pendant plusieurs minutes. Ensuite, Zoïa Andreïevna et Katia prirent sous les épaules Irina qui titubait, firent en hâte leurs adieux et se traînèrent vers l'arrêt de bus le plus proche. Puis Vera inonda Lizka de reproches, jurant qu'elle ne lui confierait plus jamais le volant de sa voiture. Lizka se défendit, elle fit valoir que, sans sa maîtrise des événements, tout aurait pu se terminer beaucoup plus mal. Il n'y avait pas de dégâts visibles et Vera s'apaisa un peu, non sans grommeler, il est vrai, quelques remarques au sujet de fissures dans les longerons. La dispute cessa, elles firent la paix, elles abandonnèrent la voiture dans le parking le plus proche afin de ne pas tenter le sort une deuxième fois ; et elles finirent par vouloir fêter dans un bar quelconque la réussite parfaite de cette journée.

Et là, environnée de visages qui reflétaient des couleurs de cuivre et de néons, au milieu des verres et des tables, devant des tranches de citron vaguement parsemées de sucre dans lesquelles elle mordait pour faire passer la raideur de la vodka, Lizka parla à Vera d'Arthur et de Max ; elle lui raconta qu'elle se trouvait au bord d'un précipice ; elle lui confia que, pendant son enfance, elle imaginait l'existence différemment – pas à ce point bourrée de contradictions, pour ne pas dire de pures et simples absurdités. Les enfants, prétendait-elle, devraient avoir le droit de choisir s'ils souhaitent naître ou non dans un monde pareil. Comme elle n'aurait pas d'enfants, elle allait au moins leur épargner ce souci. De toute manière, continuait-elle, elle avait hérité d'un destin d'éternelle perdante, il n'y avait qu'à voir ce qui s'était passé ce soir. Le monde cruel qui l'entourait, avec son injustice et sa méchanceté, avait déjà écrabouillé en elle les toutes petites graines d'espoir et de foi qu'elle avait eues autrefois. Maintenant elle ne croyait plus en un avenir de clarté et de bonté. La misère avait étouffé en elle toute dimension spirituelle, l'harmonie entre son âme et son corps avait été rendue impossible.

– … et toutes ces foutaises, tout le temps ! La roue arrière gauche a recommencé à se dégonfler, faut deux fois par jour que j'aille à la pompe rajouter de l'air ! Qui c'est qui va me sortir de là ? Quand est-ce que j'aurai un salaire décent ? La dernière fois que j'ai été au théâtre, c'était avec toute la classe, quand j'étais encore au lycée !

Lizka là-dessus mit fin à son monologue. Vera lui caressait le bras, d'un regard brillant d'ivresse elle suivait le mouvement de ses lèvres, elle la tranquillisait. Elle conseillait à Lizka de ne pas voir le monde comme quelque chose d'extérieur et d'hostile, et de cesser d'imaginer qu'elle était le centre de l'univers, un pivot autour de quoi les choses devaient tourner. Là se situait l'erreur qui faisait souffrir la majorité des gens. Il fallait au contraire s'apaiser et prendre conscience que nous n'étions rien, seulement des particules insignifiantes qui composaient un ensemble dont nous n'avions aucune compréhension. Elle disait à Lizka que la différence entre le bien et le mal était quelque chose d'extrêmement relatif et qu'il fallait apprendre à apprécier les magnifiques instants de bonheur qui survenaient sur cette route brève que Dieu nous avait offert de parcourir : cela, c'était la vie. Tout en versant plus d'alcool dans le verre de Lizka que dans le sien, Vera affirmait que l'idée qu'on pouvait se faire d'un objet n'était pas l'objet lui-même, de la même manière, par exemple, que l'enthousiasme qui précède la fête est plus agréable que la fête, ou que l'attente de la mort est plus affreuse que la mort elle-même. Vera continua à discourir ainsi, accumulant les réflexions pleines de sagesse et, si Lizka ne comprit pas tout à fait ce que disait son amie et dans quelle intention, elle se sentit complètement charmée par elle. Et pour finir, quand la bouteille fut vidée, Vera proposa à Lizka de passer la nuit chez elle : d'autant plus qu'elle habitait à deux pâtés de maisons de là.

Elles entrèrent toutes deux dans le même lit. L'une s'allongeait avec une certaine timidité, mais avec intérêt, l'autre avec impatience et passion.

Le jeudi, un poteau télégraphique tomba en travers de la rue des Électriciens. Cela se produisit très tôt, avant l'aube, pour des raisons totalement incompréhensibles. La colonne de béton et d'acier, surmontée de son projecteur et reliée à une dizaine de câbles aux destinations diverses, bloquait le passage, créant un bouchon d'une longueur d'au moins un kilomètre. Privés de courant, huit trolleybus du dépôt numéro quatre avaient dû faire évacuer leurs voyageurs mécontents, et, perches baissées, ils restaient tristement à la queue leu leu. Plusieurs conducteurs étaient sortis fumer une cigarette, d'autres en profitaient pour nettoyer les phares et le pare-brise, d'autres encore, par désœuvrement, se dirigèrent vers l'endroit où s'activait la brigade de secours. Un livre grand ouvert entre les mains, Lioubacha somnolait sur son siège de receveuse. De temps en temps, sa tête sursautait sous l'effet d'un bruit extérieur, et Lioubacha tentait de reprendre sa lecture et de se concentrer de nouveau sur la page, mais presque aussitôt elle piquait du nez, tandis que ses paupières se fermaient avec lenteur. Lizka fumait derrière son volant, les yeux fixés sans raison sur le pare-chocs du trolley immobilisé devant elle, tout en imaginant la discussion qu'elle allait avoir avec son mari. Elle voulait lui expliquer qu'elle s'était égarée, qu'elle était lasse, qu'ils devaient tous deux essayer de tout recommencer à zéro, essayer d'être plus attentifs l'un à l'autre et de mieux se soutenir mutuellement. Son unique crainte était qu'il refuse de discuter ou qu'il se débrouille à nouveau pour tout transformer en plaisanterie. Ah, ce qu'elle pouvait en avoir assez de son humour bête !

Plusieurs choses, en outre, l'accablaient : la gueule de bois, la peur rétrospective quand elle pensait à la virée en voiture de la veille, et, pire encore, la honte qui la saisissait quand elle se rappelait sa nuit avec Vera. Elle n'aurait pas pu dire qu'il s'était agi d'une expérience désagréable, mais elle était tourmentée par le sentiment qu'elle avait commis un péché irréparable. Ce sentiment ne l'avait pas quittée depuis qu'elle avait ouvert les yeux, ce matin, et qu'elle avait vu près d'elle, sur le traversin, l'oreille de Vera. Un silence gêné avait régné entre elles alors qu'elles buvaient leur café et se rendaient ensemble au dépôt. Lizka ne savait pas quelle conduite elle devait adopter maintenant en face de Vera. Et elle était justement en train d'y réfléchir quand celle-ci fit son apparition et frappa de l'index contre la vitre.

– J'ai l'impression qu'on va être bloqués ici toute la journée. Je suis devant toi, à deux voitures d'intervalle. Tu as la clé pour le dix-sept ?

– Tiens, dit Lizka en baissant la vitre, et elle lui tendit la clé.

– On pourrait dîner ensemble ce soir ? proposa Vera, sur un ton très ingénu.

– Ben non… Tu sais, je…

– Allez, j'ai compris. T'en fais pas. Je plaisantais.

Vera sourit et retourna vers son trolley.

Lizka la suivit des yeux et elle se surprit à penser quelque chose de très désagréable : et si Vera allait se vanter au dépôt de ses exploits lesbiens, et raconter qu'elles avaient passé une nuit ensemble ? Ses joues s'enflammèrent. Incapable de chasser ces idées chagrines, aggravées par les restes de vodka qui coulaient encore dans ses veines, Lizka sortit du trolley et alla voir à son tour les ouvriers s'affairer. Ils portaient des gilets rouges, ils procédaient à l'enlèvement du poteau avec une grue. Ils accomplissaient leur travail en se démenant, avec plus de gesticulations et de jurons orduriers que de technique. Il était évident que la journée était perdue et que les trolleybus resteraient là jusqu'au lendemain. Si seulement elle pouvait déjà être rentrée à la maison !

Les deux nuits qui suivirent, Arthur découcha. Lizka n'en fut pas trop affectée, elle considérait qu'il était simplement en train de se venger d'elle. La conversation qu'elle voulait avoir avec lui ne se tint que le samedi, après le travail. Ils s'assirent l'un en face de l'autre. Lizka ne savait pas comment commencer. Pour une fois, Arthur lui semblait terriblement sérieux. Toute son attitude montrait qu'il avait quelque chose sur le cœur, lui aussi.

– Je m'en vais, dit-il enfin sans la regarder.

– Attends, qu'est-ce que tu veux dire ? fit Lizka, interloquée.

– Je ne t'aime plus, je vais demander le divorce.

Il prononçait ces mots avec une telle dureté, une telle assurance, que Lizka sursauta.

Elle ne s'attendait pas à une telle tournure des événements et, même si elle comprenait ce qu'il venait de dire, le sens réel des paroles n'arrivait pas jusqu'à sa conscience.

– Arthur, comment est-ce que tu peux… Nous sommes mariés…

– Je te quitte pour Katia, celle qui fait équipe avec toi, l'interrompit Arthur sans se troubler. C'est décidé, on va pas discuter là-dessus. Ça fait déjà deux mois qu'on sort ensemble.

La souffrance, l'indignation et la rage qui avaient instantanément envahi Lizka se heurtèrent à la froideur du regard de son mari, se répandirent en amertume au fond de sa gorge et éclatèrent au-dehors sous forme de cri :

– Katia ?! Cette pouffiasse ?! Mais tout le dépôt couche avec elle ! Et en plus, elle a un gosse.

– Ça te regarde pas, dit Arthur.

Il conservait son sang-froid, mais, comme manifestement il se rendait compte qu'il faisait souffrir Lizka, il adoucit le ton :

– Je te laisse la pièce, je vais déménager chez elle.

Lizka était hors d'elle. Comment sa coéquipière, une amie, avait-elle pu agir ainsi ? Et puis : si elle, Lizka, avait le droit d'abandonner qui elle voulait, personne n'avait le droit de la laisser tomber, elle. Durant la nuit qui suivit, elle ne fut pas capable de fermer l'œil. Elle ne cessait de se demander pourquoi la perte d'Arthur lui causait une telle douleur. Peut-être qu'à la place de leur amour s'étaient installées la routine et une apparence de stabilité, et que c'était avec cela qu'elle avait tant de mal à rompre ? Ou peut-être qu'elle n'avait connu que l'illusion d'un amour, puisqu'elle ne sentait pas naître en elle le désir de retenir Arthur à côté d'elle, de se battre pour qu'il reste ? Elle réentendait la phrase toute simple et indifférente qu'il avait prononcée : « Je m'en vais. » Ç'avait été comme un chirurgien annonçant à quelqu'un qu'il allait lui couper un bras, mais est-ce que le chirurgien se serait adressé à son patient sur un ton aussi tranquille, aussi détaché ?

Ce dimanche-là, sur l'esplanade où elle faisait demi-tour, on lui passa une communication dans le bureau du dispatcher. Max était au bout du fil. D'une voix excitée d'ivrogne il suppliait Lizka de venir le voir au plus vite.

– Mais fiche-moi la paix, à la fin ! glapit Lizka avant de raccrocher brutalement. Je n'ai pas besoin de vous, ni les hommes ni les femmes ne m'intéressent ! Je veux être seule ! Je vais m'acheter un chien !

HUIT

Lizka avait droit à deux semaines de congé, elle les prit. Ce temps de repos tomba à pic. Elle était contente de ne pas devoir se lever tôt pour aller au travail, de ne plus rencontrer Katia et Arthur, de ne plus entendre dans son dos les commérages de ses collègues. Elle se préoccupa d'elle-même : coiffeuse, achat de vêtements, elle avait calculé que si elle se nourrissait exclusivement de pommes et de yaourts, elle aurait largement assez d'argent pour tenir jusqu'à la prochaine paie. Elle commença à se plonger dans un manuel d'auto-apprentissage d'arts martiaux chinois, mais dès la première séance elle eut tant de douleurs musculaires qu'elle se rabattit sur la lecture de romans de science-fiction. Le soir, avec Nina et Vera, elle allait dans des bars, mais elle ne consommait plus que du jus d'orange, persuadée maintenant qu'il lui suffisait de boire un peu d'alcool pour se retrouver aussitôt dans une sale affaire.

Vera était une fois de plus en face d'un verre de bière.

– Essaie de répondre en toi-même à une question, disait-elle à Lizka. Est-ce que tu comptes passer ton existence à être quelque chose ou à être quelqu'un ? Si tu penses que le bonheur se construit avec l'appui d'un homme, tu te trompes. En quatre-vingts ans de pouvoir soviétique, les hommes ont totalement oublié le sens du mot « travail ». Personnellement, je pourrais pas m'imaginer en train de me reposer sur ces types, avec leur inertie et leur balourdise de feignants.

Elle tira sur sa cigarette.

– Et puis, qu'est-ce que c'est que cette nouvelle mode, à la première rencontre, on se marie ? Il y a des milliers de femmes célibataires. Elles se prennent des amants, elles en changent.

– Et tu crois qu'elles sont heureuses ? la coupa Nina.

– Ben oui, et pas qu'un peu ! Si on y réfléchit, les mecs ont beaucoup plus de chances de t'emmerder que de te rendre service. Tantôt ils ont leurs crises de jalousie non fondée, tantôt ils ont leurs caprices, que toi, pauvre conne, tu dois satisfaire. Tu peux pas te consacrer à autre chose qu'à eux, et je parle pas du travail domestique que t'es obligée de faire. Maintenant, pense à l'existence quand tu es toute seule : si t'en as envie, allez ! tu te cuisines quelque chose de bon, et si t'as trop la flemme, hop ! tu vas tranquillement à la pâtisserie du coin. Pour le ménage, c'est toi qui décides : tu veux pas le faire tout de suite ? Alors ça sera après-demain, ou la semaine prochaine, comme ça te chante. Moi, les filles, je vous conseille d'être indépendantes sur le plan matériel, et, question hommes, d'en finir avec eux.

– Tu veux dire complètement ? demanda Nina.

– Pourquoi ça, complètement ? ! s'enflamma Vera. Tu vas dans une discothèque, tu te choisis un mâle bien sympa, vous couchez, chacun repart de son côté. Aucun problème là-dessus. Me dis pas qu'il y a rien d'autre d'intéressant dans la vie ?

– Avec toi, on a toujours l'impression que les choses sont simples, répliqua Nina. Tu proposes de vivre uniquement pour soi, de papillonner à droite et à gauche. Ça, c'est pour quand t'es jeune. Mais quand t'es vieille ? La solitude ? T'as pas de famille, pas de petits-enfants autour de toi... Finalement, à quoi ça t'a servi d'être sur terre, de vivre, si t'as même pas été capable d'être une mère ? Je les connais, les femmes de ce genre. Dès qu'elles approchent de la quarantaine, elles ont un chat ou un chien à la maison. C'est soit des vieilles filles, soit des lesbiennes.

À ces mots, Vera se renfrogna un peu, mais elle réagit vite :

– Qu'est-ce que ça vient faire là ? On n'a pas besoin d'être futée pour faire des enfants, et en plus, un gosse, on peut l'élever toute seule.

– D'accord. Mais quand les garçons ont été élevés par des mères célibataires, ils deviennent des fils gâtés ou des homos, et quand c'est des filles, regarde ce que ça donne…

Nina jeta un regard presque maternel sur Lizka. Celle-ci ne faisait pas attention à la conversation et mangeait du riz pilaf.

L'auriculaire relevé, elle essayait d'attraper des grains de riz avec une fourchette. Le riz s'éparpillait et refusait de prendre le chemin de sa bouche. Nina ne put s'empêcher d'aller vers le comptoir du bar chercher une cuillère qu'elle fourra entre les mains de Lizka.

– Tiens. Arrête de souffrir.

– Dis-moi, Nina, d'où te vient cette manie de tout généraliser ? demanda Vera.

L'interruption ne l'avait pas calmée.

– Je généralise rien, je dis ce que je pense. Et que ça soit clair, je suis ni du côté des féministes, ni du côté des lesbiennes.

– Qu'est-ce que tu sous-entends par là ?

– Rien du tout. Simplement, je suis pas comme toi, j'aime les mecs.

– C'est normal, vu que tu es un animal primitif.

– Allez, les filles, ça suffit ! intervint Lizka.

Elle avait l'impression que ses deux amies étaient sur le point de se disputer, et qu'il fallait choisir un autre thème de conversation.

– Peut-être qu'il faudrait qu'on change toutes de profession ? Hein ? Si on ouvrait un commerce, toutes les trois ? On irait en Turquie, en Chine, on achèterait des vêtements en gros, et on les revendrait ici sur le marché. Ou même dans notre propre boutique.

– Et tu peux me dire où tu trouverais le capital de départ ? s'intéressa Vera avec agressivité.

– Un crédit bancaire.

– Ben bien sûr ! Tu leur présenteras ton bulletin de salaire pour les impressionner ?

– On pourrait vendre ta Passat.

– Et les roues de ton trolley, tu y as pensé ?

Les trois filles furent aussitôt secouées par un rire inextinguible. Elles se représentaient la scène, toutes les trois en train de soudoyer le vieux Kolia, le gardien du dépôt, avec un litre de vodka, et ensuite en train de dévisser les roues gigantesques, presque aussi hautes qu'elles. Dans cette explosion bruyante se croisaient leurs angoisses communes, leur absence de perspective, l'absurdité de la situation dans laquelle chacune d'elles se trouvait. Pliées en deux, elles échangeaient de temps en temps de brefs regards qui suffisaient à provoquer une nouvelle crise de fou rire. Les clients du bar se retournaient vers elles d'un air désapprobateur ou cherchaient à deviner la cause de leur hilarité. Mais les causes réelles de cette joie apparente étaient trop nombreuses, et, en tout cas, chacune des trois filles aurait eu sa propre raison secrète de l'expliquer. Nina riait, probablement en se rappelant le vain espoir qu'elle avait eu de déménager un jour dans l'appartement de la grand-mère de son architecte. Vera pouvait rire, par exemple, à l'idée qu'Interpol pouvait à tout moment lui confisquer sa voiture. Quant à Lizka, elle riait pour accompagner le rire de ses deux amies, et aussi parce que c'était une minute pendant laquelle elle pouvait ne pas penser à Arthur. Elle ne voulait plus s'apitoyer sur elle-même, ni se comparer maladivement à celles qui l'entouraient, ni ruminer sur son divorce en se démolissant l'esprit. Maintenant elle n'avait plus à lui acheter de la viande, maintenant elle pouvait se payer des rouges à lèvres hors de prix. Et même si le directeur des trolleys n'accédait pas à sa demande d'être affectée à la ligne vingt-cinq, la plus éloignée, elle resterait sur son numéro dix-sept, mais ni Arthur, ni Katia ne verraient qu'elle souffre. Elle allait être une coquette, une jolie femme séduisante.

La première à retrouver son calme fut Nina. Essoufflée, elle essuya ses larmes, avala une gorgée de bière et déclara :

– C'est clair, vous êtes toutes les deux malades, et c'est sans espoir.

Vera et Lizka pouffèrent de nouveau.

– Ben oui, continua Nina. Schizophrénie rampante. Mais je me charge de vous guérir. Demain, à six heures du soir, rendez-vous au club d'aviation. Apportez chacune vingt dollars.

– Je les ai pas, dit Lizka en retrouvant son sérieux. Vera, tu peux me les prêter ?

– Aucun problème.

Quand elle vit Max devant l'entrée de son immeuble, Lizka perdit contenance et commença à avoir peur. Cela signifiait que, finalement, il la suivait bel et bien, et qu'il connaissait à présent son adresse. Ce jour-là, il était rasé de près, il n'avait pas bu, il avait dans la main un bouquet de chrysanthèmes.

– Bonjour.

– Bonjour.

Lizka n'avait nulle intention de le faire entrer chez elle. Il ne lui restait plus qu'à s'asseoir sur l'escalier devant le seuil. Max lui offrit les fleurs et prit place à côté d'elle.

– Qu'est-ce que tu veux de moi ? demanda-t-elle.

Elle avait adopté un ton très peu engageant. En secret, elle espérait que le dialogue serait court.

Max avait dû interpréter correctement cette intonation et son air fatigué, car il ne fit pas de détours et il lui dit aussitôt :

– Donne-moi une chance.

– Non.

– Peut-être que…

– Non.

Ils restèrent quelques secondes sans rien dire.

– Tu veux une cigarette ?

– Non. Pourquoi tu fais une fixation sur moi ? Des filles, il y en a des tas partout ailleurs.

– Je veux te voir, je veux parler avec toi. Je peux pas vivre sans toi.

– Moi, j'ai besoin de personne. En fait, dans ce monde, personne a besoin de personne. Puisque je suis si importante pour toi, donne-moi ta parole qu'on se voit ici pour la dernière fois.

– Je peux pas, dit Max.

Il se leva en s'appuyant sur sa canne. Il dissimulait une grimace de souffrance. Il s'éloigna en clopinant.

Elle excluait d'aller se plaindre à la milice qu'il la harcelait, car elle ne lui voulait aucun mal. Elle ne savait pas tout ce qui pouvait lui passer par la tête, mais elle le devinait vaguement, et elle craignait qu'il réagisse en se bagarrant contre ceux qui viendraient l'arrêter.

Auparavant, quand elle regardait les soldats qui défilaient dans la rue, elle admirait leur maintien et leur uniforme. Elle aimait apercevoir sur leurs visages sérieux des sourires mal dissimulés, et elle se sentait flattée quand leurs regards se posaient de façon gourmande sur sa jupe. Leurs bottes, les boutons étincelants de leur vareuse émettaient une aura de romantisme et de noblesse, et elle était fière d'avoir eu un père officier. Mais, ces derniers temps, il y avait de plus en plus de types qui ressemblaient à Max. Lioubacha avait fait le calcul que près d'un passager sur dix profitait des tarifs spéciaux réservés aux militaires. Le Jour du Défenseur des frontières, la Journée des Forces spéciales se terminaient de plus en plus souvent en pogromes et en affrontements avec la milice. À la télé on voyait des hélicoptères sinistres, pas du tout ceux qu'elle avait eu l'habitude d'apercevoir au-dessus de la ville, et les parents aidaient leurs enfants à échapper à la conscription en les cachant.

Lizka suivait des yeux Max qui s'éloignait, et elle eut soudain le cœur transpercé de pitié. Oui, elle aurait peut-être pu lui donner une chance, mais pas en ce moment, pas après le départ d'Arthur.

La nuit, Lizka fit un cauchemar : elle se tenait sur un chemin de campagne entouré de prairie, et un immense troupeau de chevaux galopait en sa direction. L'herbe était haute, et on ne distinguait pas leurs pattes ; seules émergeaient leurs têtes et leurs crinières. Et ils s'approchaient de plus en plus. Il fallait qu'elle trouve d'urgence une solution pour ne pas se faire piétiner. Elle tournait la tête, à la recherche d'une voie par où s'enfuir, et soudain elle apercevait un trolleybus qui dérivait lentement à proximité. Elle ne comprenait pas comment il pouvait se passer de fils électriques pour avancer, mais elle voyait la porte de secours qui était ouverte, et elle commençait à courir pour s'engouffrer dedans. Un jeune cheval était déjà à sa hauteur. Elle distinguait avec netteté son œil énorme, très noir, qui suivait ses mouvements en la regardant de biais. Il y avait dans cet œil quelque chose de diabolique, de dément, qu'elle avait l'impression de reconnaître. Elle regarda plus attentivement et la terreur l'envahit : c'était Max. La peur lui coupait le souffle, ses jambes étaient paralysées, elle ne pouvait plus courir, et le trolley avait commencé à s'éloigner. La tête gigantesque du cheval la surveillait avec les yeux de Max et essayait de la renverser sur le sol, et, en même temps, émettait des hennissements de rire sinistres.

Une fois réveillée, Lizka réfléchit qu'elle devrait laisser tomber un peu ses lectures de romans fantastiques. Mais, à tout hasard, elle décida d'aller passer deux ou trois jours chez Lioubacha.

Nina retrouva ses amies devant l'arrêt de bus du club d'aviation. Elle souriait d'une manière mystérieuse, comploteuse.

– Vous avez l'argent ?

Vera et Lizka acquiescèrent d'un signe de tête.

– Alors on y va, on n'a pas beaucoup le temps !

Elles traversèrent un terrain vague et arrivèrent devant une haute palissade de planches surmontée de fil de fer barbelé.

– T'as l'intention de nous emmener pique-niquer dans l'aérodrome ? s'intéressa Vera.

– Vous allez bientôt tout comprendre. Dépêchez-vous, il nous reste plus que dix minutes.

Elle s'arrêta devant un endroit de la palissade et en déplaça deux planches. Maintenant, il y avait un passage étroit.

– Suivez-moi !

Une fois de l'autre côté, Nina montra un petit avion ventru et annonça avec orgueil :

– C'est pour nous !

– Génial ! s'exclama Vera, et elle posa une grosse bise sonore sur la joue de Nina.

Lizka regarda l'engin et elle sentit un frisson la parcourir.

– Vous avez tout de même pas l'intention de monter là-dedans ?

– Ben on va se gêner ! dit Nina en entraînant ses amies vers l'avion.

Sous une aile, assis sur l'herbe jaunie, quatre jeunes types les attendaient. L'un d'eux, manifestement le chef, regardait constamment sa montre avec nervosité. Il ne leur dit bonjour qu'après avoir vérifié le compte des dollars.

– Je vous présente notre instructeur, Dima, fit Nina. Et son équipe : Vania, Sergueï, et enfin Kolia, le pilote. Ça va, les petits gars ?

Les jeunes saluèrent les nouvelles venues, et Dima examina les filles d'un air critique, puis il ôta son blouson de cuir et le tendit à Vera.

– Enlève ton manteau et mets ça. Le reste est à bord. Si vous voulez bien monter...

Il ouvrit la porte et déplia la passerelle.

– Je suis jamais montée en avion, j'ai la frousse, commença Lizka, mais Nina sans un mot la poussa à l'intérieur.

Les filles s'assirent sur un des bancs qui se faisaient face à l'intérieur de l'avion. Les garçons se placèrent en vis-à-vis. L'instructeur, Dima, avait commencé à fouiller dans des coffres en aluminium qui se trouvaient à côté de lui.

Lizka tira Nina par la manche.

– Est-ce que quelqu'un pourrait me dire enfin ce qu'on va faire ? demanda-t-elle.

Mais Nina n'en était déjà plus à s'occuper d'elle. Elle participait à la conversation animée qui se déroulait entre les garçons. Ceux-ci étaient en train de procéder à une sorte de partage, d'on ne sait quoi ou d'on ne sait qui.

– Vera, tu veux être avec qui ?

– Je serai avec Dima. Ou plutôt non, vaut mieux qu'il prenne Lizka.

– Bon, alors je prends Vania.

Lizka commençait à comprendre vaguement, mais son hypothèse se confirma quand les jeunes gens revêtirent un parachute. Eh, mais… ils n'allaient quand même pas l'obliger à sauter, elle aussi ? ! Puis elle compta les parachutes : il y en avait trois en tout. On ne lui en donnait pas, ni à elle ni à ses amies. Cela la rassura. Bon. Ce qu'elles allaient faire, évidemment, c'était assister au saut dans le vide des copains de Nina. Rien d'autre.

– Pour tout dire, expliqua l'instructeur Dima en se tournant vers Lizka, cette semaine, le boss nous a pas donné le feu vert pour les vols, mais qu'est-ce qu'on ferait pas par amitié, hein ?

Il lui tendait un casque rouge.

– Tiens, enfile-le. C'est avec moi que tu sautes.

– Que je saute ? Mais… objecta Lizka en se sentant brusquement glacée. Je sais pas du tout, comment que je…

Le rugissement du moteur l'empêcha de terminer sa phrase, Dima s'assit contre elle et la harnacha, tout se mit à trembler, on voyait des bouleaux passer à toute vitesse derrière les hublots minuscules, et au bout d'une minute une force inouïe les avait arrachés du sol. L'habitacle oscillait, et Lizka avait l'impression que cette machine dangereuse allait s'écraser d'un instant à l'autre, et elle s'était mise à penser qu'elle allait mourir ce jour-là d'une façon tout à fait idiote, tout à fait absurde, simplement sur un caprice d'une de ses amies, et si jeune, si jeune… Les visages des autres exprimaient la tranquillité et même le bonheur, et Lizka n'arrivait pas à saisir pourquoi ces gens s'exposaient volontairement au danger. L'avion bascula sur une aile, les coffres en aluminium se mirent à glisser sur le plancher.

– Quand on sortira, fais comme ça, lui cria Dima dans l'oreille, et il croisa les bras devant la poitrine. Gigote pas, il y a pas de raison d'avoir peur.

Ensuite, les jeunes gens se levèrent, placèrent les

filles devant eux, le dos tourné, et ils commencèrent à effectuer des manipulations avec les courroies. La porte qui donnait sur la cabine de pilotage s'ouvrit et depuis son siège Kolia agita la main.

– Maintenant !

Lizka était solidement attachée à Dima. Elle sentit que celui-ci la poussait vers la sortie. Elle résistait de toutes ses forces en essayant d'enfoncer ses pieds dans le plancher, mais l'instructeur était plus fort qu'elle, et ses jambes s'approchaient inexorablement de la bordure de la porte extérieure. Le vent lui rabota le visage.

– Banzaï ! hurla Dima derrière son oreille.

– Maman ! entendit Lizka au moment où tout se dérobait sous elle.

C'était sa propre voix.

Elle était incapable de reprendre sa respiration, le monde autour d'elle s'était mis à tournoyer. Elle crispa les paupières. Elle sentait seulement les élancements du sang qui lui battait contre les tempes. Elle entendit un claquement sec, les lanières qui lui serraient la poitrine se tendirent, et elle eut la sensation de s'envoler vers le haut. Alors elle ouvrit les yeux. Et ce qu'elle vit était si extraordinaire qu'elle ne put réfréner son enthousiasme et poussa un piaillement suraigu.

Formant des carrés séparés par des lignes sombres, les champs s'étendaient, jaunes et bruns, ils allaient jusqu'à une mer ondulante d'arbres dont les feuilles avaient toutes les nuances de l'automne ; au voisinage de la forêt, pareil à une immense couverture faite de pièces de tissu cousues ensemble, on reconnaissait un village de datchas. Sur la droite, la ville était une fantastique mosaïque de toits et de rues qui s'étirait jusqu'à l'horizon, avec, en son centre, des taches brillantes, les coupoles dorées des églises qui scintillaient sous le soleil. En travers de la rivière, il y avait un pont qui ressemblait à un jouet d'enfant ; les voitures qui roulaient dessus se déplaçaient lentement, elles faisaient penser à des boîtes d'allumettes ; de là-haut, la rivière avait l'aspect d'un ruisseau qui se tortillait le long de la pente, vers on ne sait quel lointain. Car soudain Lizka voyait nettement que la rivière suivait une pente, ce à quoi elle n'avait jamais vraiment réfléchi jusque-là. De drôles de petits insectes humains grouillaient aux intersections des rues.

– Regarde ! cria Dima en obligeant Lizka à tourner la tête du côté qu'indiquait son bras tendu. La première neige !

Lizka regarda ce qu'il montrait. Au loin, très nette, il y avait une pièce de drap blanc déployée sur un champ labouré. Elle contrastait avec la terre, elle traçait une frontière, et Lizka s'amusa en pensant qu'elle pouvait voir la différence entre là-bas, où était tombée cette première couche précoce de duvet, qui ne portait même pas sur elle le souffle de l'hiver et qui demain serait fondue, et ici, où rien de tel ne s'annonçait encore.

Mais leur altitude était déjà très basse et la terre commençait à se rapprocher de plus en plus vite. On voyait en détail les entrepôts industriels, la rue Proizvodstvennaïa, les terrains vagues, la clôture qui entourait le territoire du club d'aviation. Ils frôlèrent la cime des sapins avec une telle rapidité que des larmes jaillirent dans les yeux de Lizka, puis devant eux apparut le terrain d'aviation avec, dans la distance, la piste d'atterrissage. Déjà on distinguait les touffes d'herbe, les brins flétris.

– On fait deux pas et on se laisse tomber sur la droite, dit Dima à l'oreille de Lizka. Allez !

Les pieds de Lizka touchèrent légèrement le sol, Dima l'entraîna avec lui, la fit basculer sur le flanc, se mit à rire.

– Alors ? demanda-t-il.

– Encore ! Encore !

Tandis que Dima ôtait les courroies qui l'emprisonnaient, Lizka regardait les autres atterrir, et, quand elle fut débarrassée de ses attaches, elle se jeta sur Dima et le couvrit de baisers, puis elle s'élança comme une folle vers l'autre bout du terrain, vers Nina. Vera, depuis la ligne des arbres de la forêt, courait aussi en direction de Nina.

– C'est extra ! Extra ! criait-elle.

– Et pourquoi tu m'avais pas dit que tu faisais du parachutisme ? dit-elle en agrippant Nina par le bras. Je veux sauter une deuxième fois ! Je dois absolument faire ça encore une fois !

– Tu sais, moi, c'est seulement mon deuxième saut. Il y a peu de temps que je connais Dima. Encore un autre qui est venu chez nous se faire soigner.

– Merci, Nina, merci, dit Vera.

Elle avait du mal à retrouver son souffle. Elle mit ses bras autour de ses deux amies et les serra contre elle.

– Mon Dieu, cette trouille que j'ai eue. Et ensuite, je me suis dit : « Advienne que pourra ! » Tout en bas, on sait pas ce que… Non, en bas, la vie est pas pareille. Et vous avez vu comme on a tourbillonné ?…

– Aïe, j'ai l'impression que les garçons ont des ennuis ! dit Nina.

Elle tendit le bras pour montrer les parachutistes qui pliaient sans hâte leurs parachutes. Un homme était en train de courir vers eux, le poing levé, en rugissant une bordée de phrases furieuses. Dima l'avait aperçu, lui aussi. D'un geste, il indiqua aux filles le chemin de la clôture.

– J'ai laissé mon manteau dans l'avion, se rappela brusquement Vera.

– Eh ben comme ça, on aura un prétexte pour revenir ! dit Nina en commençant à s'élancer vers le trou qui leur avait servi de porte d'entrée. Allez, on court !

Une fois qu'elles furent sorties sans encombre du terrain d'aviation, les filles allèrent dans un bar. Longtemps et avec passion elles évoquèrent cette extraordinaire expérience, et elles ne se séparèrent qu'après minuit, formidablement heureuses, avec le sentiment d'avoir accompli quelque chose de magnifique.

Après son saut en parachute, beaucoup de choses parurent à Lizka tout à fait insignifiantes. Les plaintes du voisin du dessus, par exemple. À chaque fois que Lizka fumait à la fenêtre, il tendait la tête et la couvrait de reproches :

– Vous recommencez à fumer ici ! Toute la fumée monte et entre chez moi. Ma femme est en pleurs. Si vous ne mettez pas un terme à ça, je serai obligé de prendre des mesures beaucoup plus sévères.

Il lui tenait le même discours quand il leur arrivait de se croiser sur le palier ou devant l'immeuble. Lizka lui avait conseillé de tout simplement fermer sa fenêtre, ou d'adresser une plainte à la chambre des architectes de la ville pour signaler le manque de hauteur des plafonds, avec pour conséquence la distance trop réduite entre les fenêtres. Elle lui répétait qu'aucune loi n'empêchait qui que ce soit de fumer chez soi devant la fenêtre ouverte. Mais le voisin ne se calmait pas : il cognait contre les radiateurs, il faisait exprès de faire des bruits de pas et il piétinait là-haut avec une telle énergie que du plâtre se détachait du plafond et s'éparpillait par terre en poussière grise. Lizka avait du mal à comprendre pourquoi cet homme avait métamorphosé son existence en une guerre dont elle était l'ennemie. Elle imaginait sa vieille ronchon d'épouse, à l'étage au-dessus, en train de le bousculer en vociférant à la limite de l'hystérie :

– Tu vas me faire le plaisir d'en finir avec la voisine du dessous ! J'ai pas envie de respirer son sale tabac ! Mais qu'est-ce qu'elle croit, cette pétasse qui fume… que je vais fermer mes fenêtres ?

Lizka se rappelait aussi les parents d'Arthur. Un jour

ils lui avaient fait des remarques acerbes parce qu'elle avait heurté une table par inadvertance, ce qui avait produit une petite éraflure sur le parquet de bois tendre. Leur indignation l'avait laissée sans voix. Elle s'était demandé si les objets existaient pour les humains, ou si au contraire les humains étaient esclaves de leurs objets.

Comment pouvait-on vivre au nom d'objectifs aussi misérables, alors qu'il y avait un ciel, de l'eau, et, là-dessus, des étoiles ! Et comment avait-elle pu rester si longtemps sans comprendre cela ! Lizka tout à coup avait envie de se mettre à crier, de tenir des discours à tous et à toutes. Qu'ils cessent de passer leur temps à uniquement satisfaire leur propre chair, et que, comme elle en ce moment, ils considèrent la vie avec ravissement, avec enthousiasme ! Le flot de ses pensées débordait en elle, la bouleversait.

– Qu'est-ce qui m'arrive ? se demandait-elle. Mon Dieu ! Mais j'ai déjà vingt-quatre ans ! Je suis en train de vieillir, ça doit être ça.

Et quand, le lendemain, Lizka prit de nouveau place derrière le volant de son trolleybus, elle était illuminée par un beau sourire et elle se sentait extraordinairement légère, de si excellente humeur qu'elle avait envie de chantonner. Elle n'accordait aucune attention à la goujaterie des gens qui l'entouraient, et, contrairement à ce qu'elle faisait avant, elle ne leur répondait pas en montrant les dents. Quand elle s'engagea sur son itinéraire, elle ressentit la même joie que ce jour lointain où, pour la première fois, elle avait été seule aux commandes de sa voiture. Indifférente au retard que cela occasionnait sur l'horaire, elle ne manifesta aucune impatience envers une vieille femme qui mettait un temps infini à atteindre les portes ; toute la journée, et bien plus souvent qu'auparavant, elle laissa la priorité aux piétons engagés sur les passages cloutés. Cette joie profonde qui l'envahissait avait aussi pour origine cette vision qu'elle avait eue, l'image de la première neige. Cela signifiait que bientôt les grands froids emprisonneraient sous la glace les boues de l'automne, et qu'elle pourrait sortir dans la rue chaussée de ses nouvelles bottes d'hiver qui lui avaient coûté près de six mois d'économies.

À la pause de midi, Arthur vint vers elle et lui demanda comment elle se portait. Il ajouta qu'il regrettait beaucoup d'avoir eu à son égard une attitude grossière et brutale.

– T'en fais pas, dit-elle pour le rassurer. Comment je me porte ? Je me suis jamais portée aussi bien !

NEUF

Cet hiver-là fut exceptionnellement rigoureux. Il ne tomba pas plus d'un mètre de neige, et pendant tout le mois de janvier la température ne s'éleva jamais au-dessus de moins vingt degrés. Mon ami Andreï choisit ce moment pour me téléphoner et me dire que je devais, toute affaire cessante, me rendre à G. où allait se tenir un forum poétique non officiel. Cette conversation me prit au dépourvu. Pour commencer, je n'avais pas le moindre argent, ce qui impliquait que je devrais parcourir six cents kilomètres en auto-stop. En plein hiver ! Et, deuxièmement, ce fameux forum n'allait être rien d'autre qu'une beuverie ininterrompue pendant une semaine, se déroulant sous le slogan : « Un poète méconnu n'a qu'une joie dans la vie – une bonne cuite au milieu d'amis ! » Il faudrait aux participants à ce forum une grande force morale et une grande endurance physique, qualités dont je n'étais absolument pas sûr d'être doté, et à cela s'ajoutait que les dépenses en boissons me rétameraient financièrement et que je devrais après les festivités, sans plus aucune réserve et avec une barbe d'une semaine, retourner chez moi en changeant de camion dans les stations d'essence. Les rencontres de ce genre constituaient une sorte de consolation pour ceux qui n'avaient pas réussi à publier quoi que ce soit pendant l'année écoulée. Et donc pour moi aussi. Pourtant ce n'avait pas été faute d'essayer.

Par exemple, pour fêter ses cinquante ans, l'usine de construction mécanique Le Métallo rouge avait exprimé l'intention d'éditer un recueil de poésie qui chanterait les succès de l'entreprise, et son directeur m'avait promis un tirage de mille exemplaires. Mû par l'espoir de voir publier mes poèmes d'amour, j'écrivis avec une ardeur honnête et désintéressée deux chants lyriques entièrement consacrés à l'usine : le premier du recueil, et le dernier. Le directeur ne jeta pas un coup d'œil aux vers que j'avais remis, et tout se serait déroulé merveilleusement, s'il n'y avait eu l'intervention d'un salaud de rédacteur : celui-ci m'avait dénoncé au directeur en lui citant des passages où apparaissaient « la lune et une femme à la poitrine dénudée », à la suite de quoi on m'avait jeté dehors d'une façon honteuse.

Les éditeurs, naguère fervents appréciateurs de poésie, se sont lancés dans une course effrénée au manuscrit de science-fiction ou policier ; ils sont toujours d'accord pour publier des vers, mais seulement à compte d'auteur. Quant à ceux qui dirigent des revues littéraires dans le coin où j'habite, il y a longtemps qu'ils ne m'aiment pas, parce que je n'accepte pas de me laisser gagner par la maladie nationale – le chauvinisme. Ils ont en permanence des physionomies concentrées, si sérieuses qu'on pense qu'avec des gueules pareilles ils devraient être dans des tranchées, ou au fond d'une mine, en train de manier un marteau-piqueur. Mais ça ne leur suffit pas, il faut encore qu'ils demandent :

– Où est passée votre éducation militaire et patriotique ? Vous ne voyez donc pas que le pays est déjà en assez mauvaise forme sans ça ?

– Il y a eu un jour où il a été en bonne forme ? je demande.

– Vous ne comprenez vraiment pas les objectifs de la littérature. Au lieu de combattre le terrorisme et de développer l'amour des gens pour la Patrie, tout ce que vous faites a des relents négatifs, et ça manque de romantisme. Vous avez besoin qu'on vous brise un peu pour que grandisse votre amour pour la Russie.

– Oh, même sans ça, je l'aime. Ma Russie à moi, évidemment. Pas la vôtre.

– On ne s'en rend pas compte en lisant vos vers.

– Vous ne savez pas lire.

– Bon, par exemple, où trouve-t-on chez vous les beautés du pays natal ? Et les souffrances de l'amour malheureux ?

– Pourquoi, malheureux ? En amour, je suis pour le bonheur...

– Ça ne nous convient pas. Au revoir !

C'est drôle, mais même dans le domaine de la poésie, les bons à rien qui autrefois faisaient carrière dans l'administration politique continuent à vouloir diriger l'opinion de la société et à vouloir décider à la place des lecteurs ce que les lecteurs doivent lire. On pourrait comprendre ces tristes sires, à la rigueur, s'ils n'étaient pas si fanatiquement convaincus de leur bon droit. Rien ne peut les faire dévier : ni l'histoire, ni les témoignages sur la réalité, ni l'humour. Devant des fanatiques on abandonne toujours le combat. Ou peut-être qu'ils attendent que la capitale leur envoie des instructions ? Bref, j'ai ruminé tristement là-dessus, et ensuite, après avoir pensé comme d'habitude « Après tout, pourquoi pas ? », j'ai pris le chemin de G.

Et immédiatement, j'ai regretté d'avoir enfilé de simples chaussures d'hiver au lieu de bottes de feutre. Je l'ai regretté dès que j'ai été sur la nationale, à la sortie de la ville que j'avais gagnée d'abord par le train de banlieue, et ensuite en parcourant deux kilomètres à pied. Il y avait maintenant deux heures que j'étais au bord du fossé, à danser d'une jambe sur l'autre et à introduire les doigts dans mes chaussures pour me réchauffer. Quand elles filaient à côté de moi, les voitures m'arrosaient d'un nuage de poudreuse. Le gel me transperçait avec une cruauté croissante, mais je ne remuais pas trop énergiquement, de peur de me mettre à transpirer. Chaque fois que des phares s'approchaient, mon bras droit se levait, plein d'espoir, puis, déçu, s'abaissait, tandis que les feux arrière du véhicule s'éloignaient et que j'envoyais mentalement en leur direction d'abominables malédictions et des promesses de panne terrible. Un seul type s'arrêta. Il sortit le haut du corps de la cabine et, en me regardant de là-haut comme si j'étais un nain, me demanda avec indifférence :

– Tu vas où ?

– À G.

– Combien tu me paies ?

– Si j'avais de l'argent, je serais bien au chaud dans un car. Mais je peux vous proposer une cassette de bonne musique, et je connais une tonne d'histoires drôles.

Le conducteur ne répondit rien et repartit. Il m'avait offert une demi-minute de la chaleur qu'émettait son camion. Un slogan publicitaire me revenait en mémoire : « La Russie a l'âme généreuse ». Générosité, compassion, altruisme : toutes ces choses qui n'ont plus cours ici. Dans des conditions différentes, ailleurs, depuis un bon fauteuil, bien au chaud, j'aurais probablement profité de l'occasion pour méditer un peu sur les métamorphoses qui avaient touché nos concitoyens, ces derniers temps. Mais là, non.

L'aube se levait. Le premier flux matinal de la circulation s'était tari, les véhicules lourds se faisaient plus rares, les voitures légères commençaient à apparaître. Ceux qui étaient assis à l'intérieur m'observaient avec effarement, les yeux écarquillés ; il faut dire que j'avais atteint un état de détachement absolu et que je m'étais mis à fredonner en dansant le french cancan. Une dame dans une Volvo me montra à celui qui était assis à côté d'elle et tapota l'index contre sa tempe.

– T'aurais mieux fait de t'arrêter, pauvre conne ! criai-je à la voiture qui n'avait pas ralenti.

Ce jour-là, dans ma lutte contre le froid et le désespoir, les plus simples notions – le but à atteindre, la foi –, qu'on évoque ou qu'on entend évoquer à tout bout de champ, acquirent pour moi une valeur nouvelle. Je m'étais déjà fixé pour objectif une meule de foin couronnée d'une chape de neige, et qui, toute seule au milieu de la plaine, se dressait comme un havre dans lequel je pourrais m'enfouir pour échapper au vent ; j'avais aussi en vue une ferme, à l'horizon, qui m'offrirait des possibilités de réchauffement bien meilleures encore. Je n'avais déjà plus aucune sensibilité dans les doigts de pied et j'étais sur le point de mettre en œuvre un de ces deux plans d'action, lorsque devant moi freina soudain un gigantesque semi-remorque chargé de bois. Une plaque avec un numéro de Kazan ! Il allait me prendre, celui-là, j'en étais sûr.

Le chauffeur était une joyeuse nature. Je lui racontais mes histoires drôles, et lui, il me parlait des bandits de grand chemin qu'il avait eu mainte occasion de voir sur la route, au fil de tant et tant d'années de transport routier à travers tout le pays. Sur la couchette à l'arrière dormait son coéquipier.

Une journée brouillardeuse limitée à quelques heures, le ruban monotone de la route, blanc dans le faisceau des phares, une bande étroite de ciel gris qui s'ouvre entre les cimes des arbres, les petites lumières d'un village qui traversent la nuit puis disparaissent et mettent cent kilomètres avant de réapparaître, et des ténèbres insondables : c'est tout, voilà les seules images qui accompagnent un trajet comme celui-là pendant l'hiver. J'arrivai à G. le matin suivant.

Mon ami Andreï m'accueillit avec du cognac et du thé, tout en me plaignant d'avoir raté la soirée de la veille, ce que de mon côté j'étais extrêmement loin de regretter. À en juger par l'expérience que j'en avais eue les années précédentes, pendant la première soirée chaque poète ne parlait que de lui-même, ne récitait que ses propres vers et ne prêtait attention qu'à sa propre personne. On avait là un mélange croisé d'ambitions, d'intrigues, de jalousies, d'envies, d'égocentrismes et de vantardises, qui, l'alcool aidant, dégénéraient parfois en bagarre générale. Ce matin-là, en revanche, tout était tranquille ; un peu partout dans les quatre pièces de l'appartement d'Andreï s'étalaient des corps endormis. Je reconnus parmi eux notre vétéran : Stepanytch. Poète lyrique, pouvant se vanter devant nous d'être le plus âgé, mais aussi le plus publié, Stepanytch avait pour habitude de nous expliquer, à nous les jeunes, que de son temps l'eau était plus mouillée, le kilogramme plus lourd. Andreï me rapporta que la veille Stepanytch avait polémiqué sur ce sujet avec une ardeur passionnée, puis qu'il s'était mis à déclamer ses poèmes à sa manière dramatique inimitable, en roulant affreusement les yeux, jusqu'à ce que la vodka le terrasse. Il était à présent allongé sur le plancher, paisible, humble, ne cherchant plus querelle à qui que ce fût. Je ne perdis pas mon temps à identifier l'un après l'autre les corps de mes amis et connaissances, et je me couchai à mon tour là où il y avait de la place ; je savais que bientôt j'aurais tout le loisir de plonger mon regard dans leurs yeux déjà exténués d'alcool, redevenus intègres, comment dire ? – dans leurs yeux retournés à la vérité.

Nous avons passé une semaine à boire, sans oublier, bien sûr, d'intégrer à notre colloque une grande quantité de discussions et d'interventions. Je fus particulièrement touché par la communication d'Igor, un poète venu de Perm ; selon lui, il était exclu de composer des vers en ayant sur le visage des expressions solennelles. La gravité, c'était ce qui convenait au moment d'un accouchement ou quand on désamorçait des mines antipersonnel, mais pas quand on écrivait de la poésie. Comme j'étais d'accord avec lui, en pensant aux odieux directeurs littéraires que je connaissais ! Une fois éclusés le cognac et la vodka, nous passâmes à l'alcool à 90°. Bien entendu, il y a des gens qui pourraient nous critiquer et nous inciter à trouver une manière plus utile de passer le temps ; mais parfois la beuverie est indispensable au poète, elle lui permet de se nettoyer l'intérieur de la tête, à sa manière elle agit comme un défragmenteur de disque ; sans elle, tout poème, y compris les siens, lui apparaîtrait comme une manifestation de pur délire. Stepanytch, par exemple, descendit en flammes l'auteur d'une série de vers, l'accusant d'avoir violé toutes les règles de la versification et d'avoir fait preuve d'un amateurisme répugnant. Il se déchaîna pendant une heure autour du texte incriminé, accumulant les sarcasmes et les méchancetés, jusqu'à ce que quelqu'un lui dise qu'il s'agissait de l'hymne national.

Au cours de l'ultime journée de notre forum, une résolution en deux points fut mise aux voix et adoptée. Premier point, il fut reconnu par tous et avec plaisir que si chacun de nous pris individuellement était un pauvre idiot, il n'était pas seul à l'être. Nous étions nombreux dans la catégorie. Deuxième point, avec solennité nous fîmes le serment de ne plus jamais approcher les lèvres du breuvage assassin qu'Andreï préparait selon la recette suivante : dans un seau en tôle émaillée, mélanger six litres de bière avec deux litres d'alcool à 90°.

Je décris tout cela en détail afin que vous puissiez mieux vous représenter dans quel état nous étions le jour qui suivit la clôture du forum. Nous allions vers l'arrêt de bus, Andreï et moi, la tête comme assaillie de hululements, la gorge en feu, les bras tirés par des sacs volumineux bourrés de bouteilles vides, et nous ne pensions qu'à une chose, vendre au plus vite notre chargement de verre à la consigne et, avec l'argent, nous payer une bonne bière glacée. Un trolleybus s'approcha, vert clair, arborant le numéro dix-sept. Il était bondé, mais nous réussîmes à nous y introduire par les portes avant, non sans mal et non sans provoquer un vacarme de bouteilles impressionnant. Les voyageurs commencèrent à protester contre notre présence puis, quand ils eurent remarqué nos joues non rasées et nos visages gonflés, se ravisèrent et nous laissèrent tranquilles. Une querelle éclata alors entre Andreï et la receveuse, qui exigeait de nous un supplément pour les bagages. Quant à moi, je me sentais tout simplement très mal. Si mal que je ne supportais plus de rester enfermé dans cet espace étroit, comprimé par des dos et des coudes, et que j'eus soudain envie de vomir. Je me mis à reculer vers la porte. Comme j'avais les bras bloqués par mes sacs, je devais travailler avec les épaules. J'écrasais aussi quelques pieds.

– Arrêtez-vous ! criai-je. S'il vous plaît ! Je suis malade !

– Je ne peux pas, dit la conductrice, une jeune fille, sans même jeter sur moi un coup d'œil. Patientez jusqu'au prochain arrêt.

– Mais si, vous pouvez, m'échauffai-je. Suffit de tourner le volant à droite et de presser la pédale du frein !

Et comme je sentais l'approche du moment critique, j'ajoutai :

– Ou sinon, vous allez voir le contenu de mon estomac !

À contrecœur, le trolleybus freina. Je me précipitai vers l'ouverture. Un de mes sacs s'était coincé entre des passagers, je tenais l'autre devant moi, ce qui explique pourquoi je ne voyais pas où j'allais poser les pieds. C'était une plaque de glace durcie et polie par les milliers de roues qui avaient freiné dessus. Mes bras s'envolèrent, mon corps pirouetta d'une façon absurde, j'atterris violemment sur les fesses et j'entendis d'abord le cliquetis des bouteilles qui se fracassaient, et ensuite une explosion générale de rires dans le trolleybus. Indigné, je fis une tentative infructueuse pour me remettre debout. Mes membres dérapaient dans toutes les directions, et plus je les remuais avec fureur, plus la vanité de mes efforts et le ridicule de ma situation m'apparaissaient. J'étais en rage. Je dus me retourner sur le ventre et me dresser à quatre pattes. Une fois stabilisé dans cette pose de vache sur une patinoire, je me mis à débiter environ un millier de malédictions à l'adresse de la conductrice. On ne peut exclure le fait qu'alors peut-être des passants et des voyageurs furent saisis par la richesse de la langue russe quand elle échappe à la censure. Mon discours se cristallisait autour d'une idée maîtresse, à savoir que les conductrices de trolleybus, à l'inverse des conducteurs qui, eux, freinent sans heurt et en appuyant plusieurs fois sur leur pédale, sont des imbéciles de femelles au volant qui freinent d'un seul coup et à fond, ce qui transforme les rues en pistes de vitesse pour patineurs. Je n'avais pas encore terminé ma démonstration que déjà les portes s'étaient on ne peut plus flegmatiquement refermées sous mon nez et que le trolleybus était reparti. Hors de moi, grognant de colère et brûlant de honte, je rampai jusqu'au tas de neige le plus proche en traînant derrière moi mon sac de verre brisé.

Je ressentais une telle haine contre moi, contre le monde entier et, avant tout, contre cette conductrice de trolleybus, que j'en oubliai ma nausée. Je n'avais plus qu'une envie : me venger de l'humiliation subie. Je voulais faire comprendre à cette stupide gamine qu'elle avait beau avoir pour travail la conduite d'une machine, elle était malgré tout au service de personnes humaines, et qu'il fallait veiller à traiter les personnes humaines d'une façon humaine. Après le déjeuner et après avoir vidé en compagnie d'Andreï les bières tant espérées, je réussis à obtenir de lui l'adresse du bureau des responsables du trolley numéro dix-sept, et je me rendis rue Gagarine. Je dois ajouter ici qu'en raison de mon caractère conflictuel les gens qui travaillent dans les services, en règle générale, ne peuvent pas me sentir. Par exemple, pour attirer l'attention des vendeurs qui font semblant de ne pas me remarquer, je chante à tue-tête. Quant aux serveurs qui dans les restaurants lambinent et mettent un temps infini à m'apporter l'addition, je leur dis : « J'espère que ça ne vous offensera pas si je vous propose un peu d'argent ? » Et bien entendu, en vertu du principe « Le monde doit sans cesse aller vers la perfection », je ne rate jamais une occasion d'écrire une ou deux saloperies dans le cahier des réclamations, quand il y en a un.

En m'informant auprès de ses collègues au terminus j'appris que sur le trolleybus vert clair numéro dix-sept travaillaient deux femmes, Katia et Liza, cette dernière étant surnommée Lizka par à peu près tout le monde. Et quand le trolley arriva au bout de la ligne pour faire demi-tour, et que cette fameuse Lizka – que j'avais instantanément reconnue – se dirigea vers le bureau du dispatching, je lui emboîtai le pas. Et je la... je l'anéantis.

J'appartiens à cette catégorie de gens qui ne pensent vraiment bien que lorsqu'ils sont en train de discourir. L'histoire que je racontai à ses collègues, aux dispatchers et à son chef, se ramifia et grossit au point de devenir une énorme boule d'accusations, comme si Lizka s'était rendue coupable d'un crime contre l'humanité. Je me mis à dépeindre l'incident sous les couleurs les plus vives. Un passager malheureux et sans défense était débarqué au centre d'une mer de glace, une collision en chaîne s'ensuivait, qui n'impliquait pas moins d'une vingtaine de véhicules. Le trafic automobile était interrompu pendant deux jours, les hôpitaux ne pouvaient faire face à l'afflux de blessés, le dépôt de trolleybus numéro quatre tombait en faillite après sa condamnation par les tribunaux à payer des dommages et intérêts aux victimes, pour le préjudice moral et physique qu'elles avaient subi. Et, pour couronner le tout – et là, visiblement, la sixième bière que j'avais bue avant de venir avait été la bière de trop – je crus bon de citer un de mes amis, poète lui aussi, qui récemment avait édité un livre pour enfants dans lequel les règles du code de la route étaient exposées en octosyllabes.

Le directeur du dépôt ne manifesta aucun intérêt pour ce fatras. Une seule chose, en fait, le captivait : pourquoi la conductrice avait-elle arrêté son véhicule en dehors d'une zone d'arrêt autorisée ? Rageusement il pointait son doigt sur Lizka, exigeant d'elle des explications, lui demandant si elle croyait être au volant d'un taxi, puis élargissant ses attaques en évoquant d'autres péchés plus anciens ; et en conclusion il m'informa qu'il allait immédiatement examiner le problème de sa mise à pied, ou plutôt le régler une fois pour toutes.

Dieu est témoin que ce n'était pas cela que je voulais. La jeune fille se tenait devant moi, elle clignait des yeux comme une enfant, elle ne cherchait pas à se justifier, elle ne répondait rien. Deux pensées traversèrent mon esprit. Je ne parlerai pas de la première, dans la mesure où tout homme se représente cela en moyenne au moins six fois par heure. Mais en second lieu, je me posai la question : pourquoi avais-je choisi pour cible cette fille-là, particulièrement ? J'avais pris conscience de ma stupidité : une stupidité dont un être tout à fait innocent allait se retrouver victime.

Ce soir-là, Andreï donna une réponse à ma question.

Il était allé déposer son magnétoscope au mont-de-piété afin d'avoir, d'une part, de quoi acheter du madère pour que nous passions ensemble une bonne soirée, et, d'autre part, une petite somme à me remettre pour mon voyage du retour. Pour Andreï, le brusque déchaînement de mon agressivité n'avait été rien d'autre qu'une protestation voilée contre la réalité. Mon humiliation personnelle était la goutte qui avait fait déborder le vase, mais il fallait la replacer sur un arrière-plan d'humiliation généralisée, due à un mécanisme dont la fonction était d'écrabouiller – l'État. Tu veux que je te dise ? Peu importe que tu aies un bon travail ou un mauvais, le salaire que tu reçois est une misère, et en plus tu le touches avec plusieurs mois de retard ; le nombre de miliciens grossit en proportion du mécontentement des citoyens, qui s'exprime sous forme de meetings et de grèves ; en raison d'une centralisation absurde, la moindre broutille doit être décidée en accord avec Moscou ; l'augmentation délirante des prix semaine après semaine est telle que personne ne peut dire précisément combien tel ou tel produit coûte en roubles, ce qui oblige tout le monde à compter en monnaie étrangère ; les hommes évitent de passer devant les bureaux de l'armée, où on cherche de la chair à canon pour des guerres inutiles ; on a doublé le salaire des fonctionnaires pour que la corruption ne soit plus justifiée, avec pour résultat qu'à présent les fonctionnaires exigent en pots-de-vin le double de ce qu'ils demandaient avant ; et pour terminer, tu ne peux pas te défaire du sentiment que toi, tu es une quantité négligeable sans le moindre droit. Pas la peine de songer à préparer la révolution, c'est interdit, et du reste les gens sont fatigués des révolutions ; quant à attendre en observant le cours des choses, on en a marre. Et on en a encore plus marre d'entendre les avertissements de ceux qui veulent vous freiner. « Armez-vous de patience, n'entreprenez rien, faites la paix avec la réalité ! » crient-ils, ces hypocrites. Et celui qui est incapable d'avoir une existence de larve, celui qui ne peut pas se résoudre à accepter tout ça, qu'est-ce qu'il doit faire ?

Mais le plus triste, c'est que les lecteurs de journaux et de revues ont complètement cessé de lire de la poésie.

Voilà. En résumé, il n'y avait aucune raison de lier Lizka à cette histoire.

Toute la nuit, nous poursuivîmes notre conversation en parlant de poésie, ou plus exactement de rythmique et de rimes entrecroisées, et à l'aube mon frère d'écriture me rassura : certes, il était comme moi incapable de trouver un éditeur pour ses vers, mais cela ne l'empêchait pas d'avoir des amis influents qui allaient s'opposer au licenciement de Lizka.

Mes remords m'interdisaient de quitter G. sans avoir au préalable présenté mes excuses à Lizka. Je passai longtemps à réfléchir au cadeau que je pourrais lui faire en signe de paix, et, finalement, j'arrêtai mon choix sur une paire de pantoufles en peluche qui ressemblaient à deux petits lapins amusants.

Me voilà donc en train de traverser la ville couverte d'une fine couche de neige fraîche, marchant sans me presser, avec sous le bras ma boîte à lapins en peluche. Je me concentrais pour trouver une phrase avec laquelle j'amorcerais ma conversation avec Lizka, tout en me disant qu'elle n'accepterait peut-être pas de m'adresser la parole. Le syndrome de la cuite m'avait peu à peu abandonné et j'étais d'excellente humeur. Après la beuverie, le monde avait retrouvé ses attraits : de nouveau tout était net, brillant, simple, et donc incroyablement plaisant. Dans un coin de ma conscience je commençais à voir naître une ébauche de poème sur l'été. C'est en hiver qu'on doit composer des vers sur l'été : en juillet, on est beaucoup trop éprouvé par la chaleur, la poussière, les guêpes.

J'étais presque arrivé au bureau de dispatching de Lizka quand, brusquement, un jeune gaillard bondit vers moi. Il avait une canne et, sans dire un mot, il me projeta à terre. Alors que j'essayais de me remettre debout, il m'empêcha de le faire et commença à me rouer de coups, sauvagement, avec sa canne. Je me mis à gémir de douleur, j'essayais de me protéger la tête avec les bras. Puis il se pencha sur moi, me serra violemment le cou entre ses mains et rauqua :

– Fiche-lui la paix. Elle est à moi, à personne d'autre !

Il avait des yeux effrayants de bête fauve, des dents jaunies par le tabac entre lesquelles jaillissaient des postillons. Il m'agrippa ensuite par le revers de ma veste et me redressa en un seul geste. Puis il s'éloigna en boitant, non sans avoir ajouté, en tournant la tête vers moi :

– Si je te vois ici encore une fois, je te tue !

Ce que cet homme avait voulu de moi, je n'en avais aucune idée, et, de plus, la douleur que je ressentais sur le flanc m'empêchait de raisonner. La tête vide, je regardais sur la neige les gouttes rouges qui me coulaient du nez.

Un homme entre deux âges s'était immobilisé devant moi.

– Ça ne va pas ? J'appelle une ambulance ? demanda-t-il.

– S'il vous plaît, oui.

Il sortit de sa poche un téléphone mobile et appela les secours, puis il m'aida à m'allonger sur un tas de neige, ramassa la boîte à chaussures, me tendit un mouchoir.

– Qui est-ce qui vous a tabassé comme ça ?

– Pas la moindre idée.

– Vous devriez éviter de bouger, vous avez peut-être des côtes cassées.

Son intuition ne l'avait pas trompé. Le médecin m'informa que j'avais une côte cassée, en effet, et il m'enveloppa la poitrine dans une bande élastique. Selon lui, la fracture allait se réduire sans problème. Mais comme en outre il avait diagnostiqué un traumatisme crânien, il m'annonça qu'on me retiendrait cinq jours dans son service, en observation. Mes pantoufles-lapins pelucheuses et amusantes révélèrent alors toute leur formidable utilité. Elles étaient trop petites, c'est vrai, et quand je les chaussais mes talons dépassaient et frottaient par terre, mais, à mon avis, elles formaient avec mon pyjama de malade un ensemble qui me donnait une grande élégance. Et puis, quoi qu'on dise, un séjour à l'hôpital apporte pas mal de satisfactions. On s'occupe de vous, le silence règne, on peut rester au lit jusqu'à l'heure du déjeuner. Sans oublier les voisins qui depuis les lits d'à côté racontent une telle masse d'anecdotes vécues qu'en comparaison sa propre histoire paraît d'une banalité absolue.

Bientôt j'eus trois visites. Le premier à passer la tête par la porte fut Andreï. Il manifesta sa joie de me voir rester encore quelques jours dans sa bonne ville. Pour m'aider à lutter contre l'ennui, il m'offrit un opuscule de Freud, avec cette dédicace : « Grand-père Freud a tout expérimenté au cours de sa vie, et, ce qui ne lui a pas plu, il l'a rangé dans la catégorie des perversions. À toi aussi, frère poète, je souhaite de tout expérimenter. » Il faut dire qu'Andreï passe son temps à me conseiller tantôt de faire de la prison, tantôt d'aller voir la guerre de près, il prétend qu'il me faut ça pour que je commence enfin à écrire de la poésie valable ; alors que moi, je préfère un bon fauteuil et la télévision. La deuxième personne qui vint me voir fut un milicien. Pour rédiger son procès-verbal, il me posa une série de questions très précises sur mon agresseur. La troisième personne fut une visiteuse. Lizka.

– Bonjour, je vous ai apporté des pommes, dit-elle en me tendant un sac. Vous vous appelez comment ?

– Kostia.

– Moi, c'est Lizka.

– Je sais. Vous ne voulez pas vous asseoir cinq minutes ?

Elle fit oui de la tête. Nous sortîmes dans le couloir et nous prîmes place sur une civière le long du mur. Je ne me sentais pas très à l'aise, je me demandais pour quelle raison elle était ici. C'était bien sûr très gentil de sa part de s'informer de mon état de santé, mais comment avait-elle su ? Lizka fixait le plancher. Son regard dériva vers mes pantoufles, l'extrémité de ses lèvres frémit, mais elle retint son sourire. Le silence se prolongeait entre nous.

– Au fait, dis-je en lâchant la première idée qui me venait. Vous pouvez être rassurée, vous ne serez pas licenciée.

– Oui, on m'a dit, déjà. Ce que je comprends pas, c'est pourquoi vous vous êtes senti obligé de faire cette comédie d'ivrogne. Tout était de votre faute. C'est quand même pas à cause des bouteilles cassées ?

– Non, ce n'était pas à cause des bouteilles. C'était une crise créatrice.

– Une crise quoi ?

– Une crise créatrice, c'est comme ça qu'on dit entre nous, entre poètes, au lieu d'appeler ça une soûlerie.

– Vous êtes poète ?

– Oui.

– J'ai du mal à le croire. Les poètes prennent pas le trolleybus pour porter des bouteilles à la consigne.

– Mais si ! Les poètes ne font que ça, aller porter des bouteilles à la consigne, parce qu'ils n'ont plus d'autre endroit où les mettre. C'est même leurs deux occupations principales dans la vie. Écrire des vers et prendre le trolleybus avec des bouteilles vides à déconsigner.

– Si on me demandait mon avis, je dirais plutôt que vous ressemblez à une brute sans éducation. Je crois pas que vous soyez poète.

– Vous voulez que je vous le prouve ?

– Essayez toujours.

Je lui récitai quelques lignes sur l'amour, du Lermontov que je savais par cœur.

– C'est joli, dit Lizka.

– Oui, approuvai-je.

– Dites, Kostia, vous avez déjà eu la visite d'un milicien, n'est-ce pas ?

Je fis un signe de tête.

– Alors, très bientôt, un inspecteur viendra vous voir. Il va vous demander de signer une plainte contre Max Chmyrine.

– Contre qui ?

– Celui qui vous a tabassé. Max. Il a fait ça par jalousie.

– C'est votre petit copain ?

– Non.

– Votre mari ?

– Non.

Un instant plus tôt, il m'avait semblé comprendre enfin toute l'histoire, mais ses réponses de nouveau me déconcertaient. Je levai sur elle des yeux interrogateurs.

– Je suis complètement déboussolée, commença-t-elle. À cause de moi deux types en même temps ont des gros problèmes. Mais vous, vous serez bientôt sorti de l'hôpital, tandis que Max, lui, il risque de se retrouver en prison...

Elle me raconta alors son histoire avec Max, dans laquelle sans le savoir j'avais à présent un rôle.

Elle me demanda de ne pas signer la plainte et, si l'inspecteur me présentait des photographies, de feindre de ne pas reconnaître Max. D'après ce qu'elle disait, il avait un dossier déjà bien chargé, et, si un procès se tenait, le verdict des juges pouvait être spécialement sévère.

Quand elle eut terminé son discours émouvant, je lui promis de faire ce qu'elle attendait de moi. Je déplorais, en mon for intérieur, de ne pas savoir écrire de romans d'amour.

– Écoutez, Lizka, dis-je. Vous n'avez pas l'impression que nous nous rencontrons toujours dans des circonstances bizarres ? C'est déjà la troisième fois que ça se passe comme ça. On pourrait peut-être se voir dans un cadre normal, dans un café ou dans un jardin public, hein ?

Je devinai dans son regard de l'incrédulité.

– Comme ça, je pourrai vous raconter ma rencontre avec l'inspecteur, dis-je.

– Bien, dit-elle avant de me dire au revoir et de partir. Le mercredi, je travaille pas.

Ah, Kostia, Kostia ! Pourquoi tu te mens à toi-même, pourquoi tu mens aux autres ? « Je pourrai vous raconter ma rencontre avec l'inspecteur »... Pourtant, tu as bien remarqué ces fluides amoureux qui tourbillonnaient autour de la civière où vous veniez de prendre place, ces espèces de petites étoiles qui voletaient ? Des points minuscules qui circulaient en désordre entre Lizka et toi, laissant derrière eux de vagues traînées. Comme des comètes miniatures. Et tu as également noté le comportement des flocons de neige derrière la fenêtre du couloir, en face de vous. Ne me dis pas que tu ne les as pas vus s'immobiliser dans l'air pour former un petit cœur transparent, avec pour fond de tableau le mur gris du bâtiment voisin ? Et si tu renonces à poursuivre le type qui t'a agressé, ce n'est pas parce que tu es un être noble et généreux, c'est uniquement parce que tu ne voudrais surtout pas lui faire de la peine, à elle. Tu as eu le coup de foudre, Kostia, et la sensation de gêne que tu as dans la poitrine n'a rien à voir avec ta côte blessée. Et Lizka a sans doute été elle aussi sensible à ces fluides, puisqu'elle t'a dit qu'elle pouvait sortir avec toi ce mercredi.

Mais non, Kostia, tu mens encore, tu ne t'avoues pas la vérité. Pendant tout le temps qu'elle te parlait de Max, tu louchais effrontément sur ses genoux, cachés sous des collants en laine. Et quand tu lui récitais un poème qui n'était pas de toi, tu dévorais littéralement des yeux son cou adorable et le lobe de son oreille. En quoi es-tu supérieur à un singe mâle en rut, Kostia ?

Comme je n'obtenais pas de réponse nette sur ce sujet, je poursuivis ma méditation.

J'aurais bien aimé savoir quel genre de fille c'était, cette Lizka. Peut-être une fille du genre de ma dernière petite amie, exaspérante avec son caractère fantasque, son caquetage sans fin et ses crises d'hystérie, et qui avait essayé de me retirer ce qui était pour moi le plus sacré – mon fauteuil et ma télé ? Ou, pire encore, peut-être qu'elle se rattachait au groupe de celles qui, comme les hommes, possèdent une explication définitive du monde et qui, dès qu'elles en ont l'occasion, brandissent des idées toutes faites et des préjugés ? Et si l'important pour elle n'était pas d'aimer, mais d'être aimée ? Elle aurait alors toutes les chances de devenir une mère parfaite et une merveilleuse gardienne du foyer, et moi, il ne me resterait plus qu'à mourir d'ennui.

Et plus je pensais à elle, plus en moi grandissait le désir impérieux de la revoir.

Et, pour notre prochain rendez-vous, j'avais envie de lui jeter de la poudre aux yeux. À quoi ça sert qu'un poète dise à une fille qu'il méprise les mets raffinés et les vins hors de prix, si la seule raison de ce mépris c'est qu'il n'a pas d'argent pour se l'offrir ? On peut, bien entendu, se faire passer pour un romantique, aller admirer les lumières du soir sur la ville depuis la terrasse d'un gratte-ciel, et en profiter pour déclamer quelques vers. On peut même dégoter un carton ayant servi à emballer un poste de télé et, tout en maintenant en place sa côte cassée, aller faire de la luge sur une colline gelée. Mais quel regard posera-t-elle sur un homme qui, après avoir retourné ses poches, rassemblera à peine assez de pièces pour payer le tramway et un préservatif ? Voilà pourquoi à ma sortie de l'hôpital je sonnai chez Andreï et, au lieu de lui dire bonjour, lui lançai la phrase suivante :

– Où est-ce qu'on peut se procurer de l'argent ? C'est ta ville, tu dois savoir.

Andreï fronça les sourcils, fouilla dans le cendrier, en déterra un mégot convenable et l'alluma.

– On a un combinat de chimie qui s'est reconverti dans la production de dentifrice, dit-il sombrement. Si on écrit un bon petit sketch pour la télévision locale, on peut se faire dans les deux cents dollars. On s'y met ?

Quelle déchéance, pour un artiste – de la publicité pour de la pâte dentifrice ! pensai-je, et aussitôt je m'écriai :

– Ben, évidemment !

Cette pâte dentifrice avait une couleur indéfinissable, son goût était étrange, elle s'appelait Khimbelizna* et, d'après Andreï, elle était épatante pour rendre aux cuvettes de WC leur blancheur éclatante. Après deux journées et deux nuits épuisantes, nous présentâmes le résultat de notre travail au service marketing du combinat de produits chimiques. Dans notre projet, un groupe de voyageurs perdus dans la jungle traversait une rivière en marchant sur un tronc d'arbre ; l'un d'eux glissait et tombait à l'eau, mais dans sa chute un tube de Khimbelizna s'échappait de sa poche, et pendant que des piranhas dessinés ou multipliés par ordinateur l'utilisaient pour se laver les dents et adresser aux spec-

* « Blancheur chimique ».

tateurs leurs plus jolis sourires, l'explorateur avait le temps de regagner la berge sain et sauf. Notre commanditaire aussitôt objecta que la télévision locale n'était pas Hollywood, et qu'il lui fallait quelque chose de plus simple et meilleur marché. Or nous avions justement prévu une variante de secours. Une belle fille marchait dans un jardin public, promenant en laisse un petit cochon vert, tandis qu'une voix off expliquait : « Nous ne savons pas à quoi ressembleront les animaux de compagnie du futur, mais tous se laveront les dents avec Khimbelizna, ça, c'est sûr ! » Le commanditaire commença par voir là-dedans une allusion désobligeante à l'activité passée du combinat, mais quand nous fûmes parvenus à le convaincre qu'un porcelet vert pomme était un excellent symbole pour représenter son produit – sinon le meilleur –, il acheta notre publicité, en nous versant, il est vrai, seulement la moitié de la somme sur laquelle nous comptions.

Il y a probablement des villes et des pays où cinquante dollars ne permettent pas de s'acheter grand-chose, mais à G. cela représentait une semaine de plaisirs divers, en même temps qu'un demi-salaire de Lizka. Une balade en traîneau tiré par un attelage de trois chevaux avec clochettes tintinnabulantes, une visite au Musée des horreurs et curiosités avec contemplation d'embryons monstrueux, un dîner dans un restaurant pour l'élite, avec portiers en livrée et cuisine classique – voilà qui peut réduire un peu la distance entre deux personnes, en l'espace d'une seule journée. J'ai raconté à Lizka comment nos Tchouktches traversaient en courant le détroit de Behring pour échanger des fourrures contre des carabines auprès des Esquimaux américains ; pourquoi la milice ne réussissait pas à trouver la fabrique clandestine chinoise qui fabriquait des Rolex ; comment les popes, en cas de danger, abandonnaient leur église en s'enfuyant par un tunnel souterrain. J'ai raconté toutes ces joyeuses bêtises. Et peu à peu sa prudence et son incrédulité partaient en fumée, tandis que dans ses yeux commençait à brûler une lueur de curiosité. Au début, elle avait eu un sourire qui semblait forcé, du genre enfant boudeur, mais ensuite, incapable de se retenir, elle s'était mise à rire aux éclats, sans retenue, et, pour la première fois, elle avait glissé son bras sous le mien. Ce rire provocant, ce visage que l'air glacial avait fait rosir, ce petit nez relevé, ces étincelles qui pétillaient dans des yeux bruns... ces jambes élancées, qui disparaissaient sous les pans d'un manteau à la coupe affreuse... comme elle était belle, naturellement belle ! Un bon coiffeur et une maison de couture l'auraient transformée en reine. Mais ensuite il aurait absolument fallu lui interdire l'accès à un miroir et s'abstenir de lui faire des compliments, afin que l'inévitable masque de la prétention ne vienne pas détruire toute la vérité de sa beauté.

Les soirs suivants, nous les avons passés ensemble dans des discothèques, des bars, des salles de cinéma. Un jour il lui sembla avoir aperçu Max. Je me contractai des pieds à la tête, prêt à l'affrontement, et, quand elle me proposa d'entrer dans un taxi pour fuir notre tourmenteur, je lui en sus gré. Sans doute était-ce aussi une manœuvre du destin pour nous rapprocher dans l'adversité, car c'est là, sur le siège arrière de ce taxi, que nous nous embrassâmes pour la première fois.

J'ai raconté à Andreï l'effet que me faisait Lizka, et j'ai ajouté que je cherchais depuis longtemps une compagne pour établir avec elle une relation durable et même, peut-être, pour une union de type conjugal.

– Ne me dis pas que tu songes à te marier ? m'a demandé Andreï sur un ton soupçonneux.

– Et pourquoi pas ?

– Pour un poète, le mariage équivaut à s'autodétruire.

– Bah, puisque de toute façon on n'a pas assez d'argent pour s'auto-éditer…

– N'empêche. Seul l'état de perpétuelle quête amoureuse, avec la démence qui l'accompagne, permet d'alimenter notre énergie créatrice. En outre, on dispose d'un choix considérable. Chez nous, à cause des guerres et des révolutions trop nombreuses, le rapport entre hommes et femmes est de un à deux. Si on exclut du groupe ceux qui n'aiment que la vodka, on arrive à un homme pour trois bonnes femmes. Pourquoi se presser ? Tiens, écoute, un exemple. Ma fiancée est encore en Première. De temps en temps, je me rends au lycée, je demande à voir quelles notes on a donné à ma future femme, dans quels clubs scolaires elle est inscrite.

– Je ne sais pas, Andreï… Mais Lizka, elle est tellement…

– Tellement quoi ?

Je réfléchis. J'étais incapable de répondre de manière satisfaisante.

– Elle ne ressemble pas à tous ces cadavres ambulants que j'ai rencontrés jusqu'à présent.

Andreï dut lire une disposition particulièrement rêveuse dans mon regard, car il fit en ma direction un geste d'impuissance.

– Je t'ai acheté un billet de train pour que tu rentres, grogna-t-il.

– Merci.

La dernière nuit avant mon départ, j'étais couché sur le lit de Lizka, dans sa chambre, les mains derrière la tête, et j'examinais les fissures qui traçaient un réseau sur le plafond. Elle revint de la salle de bains, se replongea sous la couette et se pressa contre ma joue. Je fus immédiatement entouré d'une forte odeur de tabac.

– Pourquoi est-ce que tu n'arrêterais pas de fumer ? dis-je. Ça t'a déjà jauni les dents. Et en plus, est-ce que tu sais combien de personnes meurent prématurément d'un cancer des poumons ?

Lizka sauta hors du lit et me tourna le dos.

– Écoute, toi, dit-elle en commençant brusquement à se rhabiller. Je veux pas qu'on m'oblige à quoi que ce soit. Jusqu'à plus ample informé, le sexe nous oblige pas à faire connaissance, et tout le reste. D'accord ?

– Tu veux dire que tout s'arrête là entre nous ?

– Ça s'arrête là. Maintenant, tu t'en vas.

– Eh ! Tout ça, uniquement parce que je n'aime pas te voir fumer ?

J'essayai de lui prendre la main. Elle s'écarta.

– Tu m'as draguée, c'était bien, on a couché ensemble. Tu as eu ce que tu voulais, maintenant laisse-moi tranquille.

Elle jeta mon pantalon sur le lit.

– Je veux plus jamais te voir !

– Moi qui pensais qu'on ferait un couple pas mal, tous les deux, dis-je.

– Tu es comme les autres ! Vous êtes tous pareils ! Contents de vous, sûrs de vous, rien que des salauds, des fumiers, des fils de pute ! Je te déteste !

Pendant que j'enfilais mes vêtements, elle était restée devant la fenêtre, à tirer nerveusement sur sa cigarette en expulsant la fumée vers le vasistas entrouvert. J'eus envie de lui prendre les épaules pour l'enlacer, mais elle se retourna violemment et, les yeux remplis de larmes, elle se mit à crier :

– Dehors ! Fous le camp ! Tu peux même pas imaginer à quel point je te déteste !

Je n'avais plus qu'à partir.

ÉPILOGUE

Viktor Mikhaïlovitch a été élu gouverneur. Sa limousine noire aux vitres teintées, avec un gyrophare bleu sur le toit, traverse parfois la ville de G. à vive allure, accompagnée d'une escorte policière. Un jour, nous l'avons vu au journal télévisé. Il était en train d'expliquer à des ouvriers grévistes qu'il fallait s'armer de patience, que le pays traversait en ce moment une période de crise provisoire. Un journaliste l'a interpellé malignement :

– Pourquoi travaillez-vous avec des bandits ?

– De quels bandits parlez-vous ? a répliqué Viktor Mikhaïlovitch avec un sourire condescendant. Autrefois, oui, c'était des bandits, mais aujourd'hui ce sont de gros entrepreneurs, et on peut même dire qu'ils sont le fondement et l'espoir de la Russie. Tenez, hier, je leur ai demandé de construire un hôpital pour enfants, et je suis certain qu'ils le feront. Absolument certain.

Il y a très peu de temps a éclaté dans le milieu éditorial une affaire Viktor Mikhaïlovitch. Le gouverneur avait visité dans un kolkhoze une ferme d'élevages de porcs, et il avait été pris en photo avec deux verrats utilisés comme reproducteurs. Un journal a imprimé le cliché avec la légende suivante : « Notre gouverneur Viktor Mikhaïlovitch, troisième à partir de la droite ». La rédaction du journal a dû fermer quelques jours plus tard, suite à une procédure pour détention de stupéfiants.

Katia et Arthur vivent ensemble et ils sont toujours employés au dépôt de trolleybus numéro quatre. Arthur a demandé son transfert sur la ligne dix-sept, de sorte que maintenant ils travaillent tous les deux en équipe. À ce qu'il paraît, Katia attend un enfant de lui. Arthur accorde une attention croissante à sa receveuse, Lioubacha. Celle-ci ne réagit pas à ses avances.

La doctoresse Zoïa Andreïevna et Irina, la receveuse qui travaille avec Vera, se sont inscrites dans un club de crochet.

Vera continue à mener sa double vie, mais visiblement cela ne la dérange pas beaucoup. Il y a quelque temps, elle a obtenu de son mari une nouvelle BMW. Elle est aussi devenue membre de l'équipe féminine locale de saut en parachute.

Nina a épousé son voisin, le plombier Tolia. Ils n'ont pas quitté le foyer des travailleurs où ils disposent à présent d'une chambre indépendante.

Quant à Lizka et moi, nous sommes partis ensemble dans la ville où je vis et nous nous sommes mariés. Le nom de la ville ? Je ne le dirai pas. À cause de Max. Celui-ci a cassé le bras à un milicien et il a écopé de deux ans ferme. Nous n'aimerions pas du tout qu'il nous retrouve à sa sortie de prison.

Lizka travaille à présent comme monitrice dans une auto-école privée. Le soir, à table, elle me parle toujours des hommes comme de conducteurs complètement nuls, et elle m'assure que, si les choses dépendaient d'elle, elle n'accorderait pas le permis à la moitié de ses élèves. C'est un sujet sur lequel elle s'échauffe toujours. Ses récriminations m'énervent tellement que je m'enferme à clé dans la chambre voisine pour les fuir, et qu'à travers la porte je lui rappelle qu'elle doit éviter les émotions, car elle en est à son deuxième mois de grossesse.

Un éditeur a finalement édité mon recueil lyrique où je parlais « de la lune et d'une femme à la poitrine dénudée ». Les critiques, bien évidemment, n'en ont pas laissé pierre sur pierre, et même Andreï et Stepanytch se sont répandus en cruelles moqueries sur mes iambes à quatre pieds. Mais les gens le lisent, et certains disent que ça leur plaît.

J'aurais du mal à dire avec précision ce qui m'attire en Lizka. Serait-ce simplement sa jeunesse ? Ou le fait qu'elle n'a pas été abîmée, qu'elle est restée insouillée et intacte en dépit des péripéties de son existence ? Ce que je sais, en tout cas, c'est que nous pourrons sans peine traverser notre première crise relationnelle, et même la deuxième – nous nous retirerons en nous-même sans adieux, nous maintiendrons inchangées notre disposition amicale l'un envers l'autre, notre sollicitude mutuelle, et nous saurons attendre une nouvelle flambée de nos sentiments. J'ai bien l'impression d'avoir trouvé une compagne, je crois qu'avec elle nous allons former toute notre vie un couple d'amants, d'alliés sûrs, d'amis. Une question reste en suspens, toutefois : est-ce qu'elle pense la même chose, elle ? Certains soirs, quand je m'installe confortablement dans mon fauteuil pour regarder un match de hockey, elle sort de chez nous sans dire un mot, elle referme la porte derrière elle, à clé, sans bruit. Je regarde les pantoufles roses qu'elle a laissées, en forme de lapins pelucheux, et je me demande si elle reviendra.

RÉALISATION : PAO ÉDITIONS DU SEUIL
IMPRESSION : NOVOPRINT À BARCELONE
DÉPÔT LÉGAL : SEPTEMBRE 2005. N° 82612
IMPRIMÉ EN ESPAGNE